GEWIDMET
MEINER TOCHTER HELEN

20 REIHE
RHEIN-NECKAR-BRÜCKE

20 **REIHE RHEIN-NECKAR-BRÜCKE**

In der REIHE RHEIN-NECKAR-BRÜCKE erscheinen
Publikationen von Autor*innen der VS-Regional-Gruppe Rhein-Neckar.

Herausgegeben von
Marcus Imbsweiler, Gudrun Reinboth,
Friedhelm Schneidewind und Marion Tauschwitz

www.vs-rhein-neckar.de
www.rhein-neckar-bruecke.de

Friedhelm Schneidewind

Das Haus, das seinen Kamin verschenkte

Miniaturen aus einer fernen Zukunft

Mannheim 2025

Bibliografische Information der Deutschen Nationalbibliothek
Die Deutsche Nationalbibliothek verzeichnet diese Publikation
in der Deutschen Nationalbibliografie; detaillierte bibliografische Daten
sind im Internet unter dnb.dnb.de abrufbar.

ISBN 978-3-7693-9831-1 · 12,50 EUR

© 2025 Friedhelm Schneidewind (Amadeus Contraquies)

**Verlag: BoD · Books on Demand GmbH, Überseering 33,
22297 Hamburg, bod@bod.de**

Druck: Libri Plureos GmbH, Friedensallee 273, 22763 Hamburg

Layout: Friedhelm Schneidewind (Umschlag unter Verwendung
der Illustration »Space-Opera« von Ulrike Grimm, 2022)

www.friedhelm-schneidewind.de + www.amadeus-contraquies.de (Künstlername)
www.incantatio.de + www.vampyrjournal.de + www.oswald-von-wolkenstein.de
www.tandaradey.de + www.bardenklang.de + www.altraclaritas.de

Die Karl-May-Akademie im Weltall

2011 begann die PHANTASTISCHE BIBLIOTHEK WETZLAR eine Reihe mit Kürzestgeschichten unter dem Titel PHANTASTISCHE MINIATUREN. Seit dem dritten Band durfte ich mitwirken, inzwischen sind fast 100 Bände erschienen.

2013 war der Miniaturenband 4, AUF SEHR FREMDEN PFADEN, Karl May gewidmet, einem meiner Lieblingsschriftsteller. Mit den ersten beiden Geschichten, die 2297 und 2312 spielen, legte ich den Grundstein für die KARL-MAY-AKADEMIE FÜR IMPROVISATION UND EINFALLSREICHTUM, die dritte Story lieferte schon einen Rückblick 50 Jahre nach deren Gründung. In den folgenden Miniaturenbänden habe ich immer wieder Geschichten um und über die Akademie geschrieben.

2025 versammele ich in diesem Buch alle Geschichten über die KARL-MAY-AKADEMIE FÜR IMPROVISATION UND EINFALLSREICHTUM, Erzählungen, die ich zwischen 2013 und 2025 veröffentlichte.

2312 gründet Helen W. Zuckman die KARL-MAY-AKADEMIE FÜR IMPROVISATION UND EINFALLSREICHTUM.

2601 befindet sich die Akademie in ihrem 289. Jahr und in einer schweren Krise – wie die gesamte Menschheit. Sie nehmen den Kampf auf gegen sich selbstständig machende künstliche Intelligenzen – wie es weiter geht, bleibt der Phantasie der Lesenden vorbehalten.

Mannheim, April 2025

Friedhelm Schneidewind

Das Schmetterhand-Manöver

Das Schmetterhand-Manöver

»Und schon wieder ist er verschwunden!« Ratlos und auch etwas verzweifelt schaute Waffenoffizier Omara auf den Schirm. Das Schiff der Piraten war, wie jedes Mal zuvor, für einen kurzen Moment verschwunden und weit neben dem vorherigen Ort wieder aufgetaucht. Ihre Rakete war ohne Wirkung explodiert.

Kapitänin Helen W. Zuckman konnte seine Gefühle gut verstehen. Wenn es ihnen nicht mit den letzten drei Raketen gelang, das Piratenschiff abzuschießen, würde es ihnen wie allen anderen Schiffen der Solaren Föderation ergehen: Sie würden von den Piraten geentert werden. Niemand wusste, auf welchem bisher unentdeckten Zwergplaneten sich die Bande versteckt hielt, so dass man sie nicht ausräuchern konnte. Und niemand hatte bisher ein Mittel gegen ihre speziellen Waffen entwickelt: den Trick, ihr Schiff so kurz vor dem Aufprall einer Rakete oder eines Energiestrahls zu versetzen, dass es nicht beschädigt wurde, und ihre noch nicht analysierte Methode, durch jede Bordwand eindringen zu können. Und noch niemand hatte mit einem der Piraten gesprochen oder einen gesehen; sie kamen, enterten ein Raumschiff, räumten es aus und ließen niemanden am Leben. Auch den schnellen Kreuzer Rigel 8 würde es wohl erwischen, wenn ihr oder jemanden aus ihrem Team nicht schnell etwas einfiel.

Helen nagte an ihrer Unterlippe. Da war etwas, was sie in ihrer Jugend gelesen hatte. Schlagartig fiel es ihr wieder ein; mit einem großen Schritt stand sie neben dem Waffenoffizier: »Lass mich etwas versuchen!« Kaum war er aufgestanden, saß sie auch schon in seinem Sessel und programmierte, so schnell sie konnte, den Waffencomputer.

»Was hast du vor?«, fragte er. Ohne zu antworten, drückte sie den Knopf zum Abschuss.

Wieder machte das Piratenschiff einen Satz zur Seite – und ging in einem Flammenball auf.

Als sie später mit alkoholfreiem Sekt in der Messe auf ihren Sieg anstießen, drängten sie alle, endlich zu erklären, wie ihr der Abschuss gelungen war. Helen lehnte sich gemütlich zurück: »Ich muss etwas ausholen. Niemand von euch weiß, für was das W in meinem Namen steht. Es ist der Anfangsbuchstabe meines zweiten

Vornamens: Winnetou. So nannten mich meine Eltern, weil sie große Fans eines fast vergessenen Schriftstellers aus der technischen Antike waren. Er lebte vor über 300 Jahren und schrieb vor allem Abenteuerromane; ich habe sie alle gelesen. Dieser Karl May war der Held meiner jungen Jahre, oder besser gesagt seine Helden, vor allem ein Indianerhäuptling namens Winnetou und dessen Freund, ein gewisser Old Shatterhand, in dem sich Karl May selbst ein Denkmal setzen wollte. ›Old‹ war so eine Art Ehrentitel und bedeutete ›alt‹ in einer der antiken Sprachen, es hatte aber nichts mit dem Alter zu tun, sondern mit besonderen Leistungen oder Fähigkeiten. ›Shatterhand‹ heißt ›Schmetterhand‹, weil dieser Mensch mit einem Schlag einen anderen bewusstlos schlagen konnte. Im Buch ›Weihnacht im Wilden Westen‹ musste Old Shatterhand in einem Zweikampf mit zwei Wurfbeilen gegen einen Indianerhäuptling antreten, und er wusste, dass dieser wahrscheinlich entgegen der Abmachung zur Seite springen würde. Er sorgte dafür, dass sein Gegner einen Baum an einer Seite hatte, also nur nach der anderen ausweichen konnte, und schleuderte seine beiden Beile so, dass der Häuptling, als er dem ersten auswich, direkt in das zweite rannte.«

Sie zückte ihren Kommunikator: »Ich habe das Werk von Karl May immer dabei. So lobt man Old Shatterhand nach seinem Sieg: ›Wer von euch hat schon einmal gesehen, dass ein Krieger zwei Kriegsbeile wirft, um mit dem einen das Auge des Feindes zu fesseln und mit dem andern dann um so sicherer seinen Leib zu treffen?‹ Ich habe erkannt, dass das Schiff der Piraten immer in einer ganz bestimmten Entfernung wieder aufgetaucht ist, und stets in einem von zwei bestimmten Winkeln. Also habe ich unsere letzten drei Raketen abgefeuert: eine auf das Schiff direkt, die anderen auf die beiden von mir berechneten Ausweichpunkte. Dieses Manöver sollte in Zukunft allen unseren Schiffen ermöglichen, mit den Piraten fertigzuwerden. Und jetzt entschuldigt mich, ich muss einen Bericht an das Flottenkommando schicken.«

Ihr Steuermann lächelte sie an: »Dann solltest du dem Manöver aber auch gleich einen guten Namen geben.«

Helen lächelte zurück: »Darüber habe ich schon nachgedacht. Es nach Karl May zu benennen, was er verdient hätte, bringt nichts, den Namen kennt zumindest jetzt noch niemand. Ich werde es nach seinem Helden nennen: das Schmetterhand-Manöver.«

Unverwundbarkeit

Kapitän Julius Blume rückte nervös seine Mütze zurecht, dann hob er zögernd die Hand, um anzuklopfen. Er hatte keine Ahnung, wer oder was ihn hinter dieser Tür erwartete, aber dass man ihn ins regionale Hauptquartier der Admiralität bestellt hatte, machte ihm Sorgen – wegen einer Bagatelle, wie er fand.

Die Frau in dem schmucklosen Raum erkannte er zunächst nicht; ihn irritierte die Zivilkleidung. Als sie aufstand, um ihn zu begrüßen, erschrak er – und brachte keinen Ton heraus. Er stand vor einer lebenden Legende, und da sie in Zivil war, wusste er nicht, wie er sie anreden sollte. Helen W. Zuckman, die Erfinderin des Schmetterhand-Manövers, hatte später auch die Basis der Piraten gefunden, indem sie eines ihrer Schiffe mit Hilfe von Infraschallkanonen erobert hatte: Sie hatte die Besatzung ganz nach dem Vorbild von Old Shatterhand mit einem Schlag betäubt. Erst kürzlich hatte sie ihren Admiralsposten im obersten Flottenstab aufgegeben, wegen einer neuen Mission, hieß es.

»Setzen Sie sich«, sagte sie freundlich.

Er kam ihrer Aufforderung nach, verwirrt und sprachlos, und nahm verlegen die Mütze ab.

»Ich nehme an, Sie wissen, wer ich bin, Kapitän«, fuhr sie fort, »und auch, weswegen Sie hier sind.« – »Es tut mir Leid«, antwortete er. »Das zweite weiß ich nicht; wieso macht man von einem unbedeutenden Einbruch solch ein Aufhebens?« – »Der Einbruch interessiert mich wenig, aber was Sie in dem Lager gemacht haben. Von Ihrer Darstellung hängt es ab, ob Sie unehrenhaft entlassen oder vielleicht sogar befördert werden. Also erzählen Sie!«

Blume konzentrierte sich. »Sie wissen, dass wir als Beobachtungsteam auf Ardanist eingesetzt waren, um herauszufinden, was die Aufstände verursacht hatte und ob die Föderation dagegen etwas tun könnte – natürlich inoffiziell. Anders als geplant, wurden wir von der Regierung des Zwergplaneten aber offiziell mit einbezogen und als Druckmittel verwendet. Plötzlich befanden wir uns in der unangenehmen Situation, den Aufständischen beweisen zu müssen, dass wir ihnen auf jeden Fall überlegen wären – und das ohne Blutvergießen. Da fiel mir ein Trick von Kara Ben Nemsi ein, den Karl May beschreibt.«

Zuckman lehnte sich entspannt zurück. »Ich kann mir denken, worauf Sie anspielen, aber erläutern Sie es bitte!« – »Als Sie das Schmetterhand-Manöver erfanden, begann ich gerade mit der Akademie. Ich habe während des ersten Ausbildungsjahres alles von Karl May gelesen; mir gefielen die Orient-Abenteuer erheblich besser als die im Wilden Westen, und auf Ardanist erinnerte ich mich an eine Geschichte aus ›Durch das Land der Skipetaren‹. Kara Ben Nemsi, also Karl Mays Alter Ego, überzeugt die Bevölkerung und vor allem seine Gegner davon, dass er und seine Gefährten unverwundbar seien, indem er ihnen Kugeln unterschiebt, die aus einer Legierung von Wismut und Quecksilber bestehen und vor dem Lauf auseinanderfliegen. Wir sind in ein Munitionslager der Aufständischen eingebrochen und haben teilweise deren Munition gegen eine ähnliche, verbesserte Legierung ausgetauscht. Und am nächsten Tag haben wir ihnen vorgeführt, dass die Soldaten der Solaren Föderation kugelfest sind. Die Waffenstillstandsverhandlungen waren danach schnell abgeschlossen, wir hatten aber gehofft, dass der Diebstahl unbemerkt bliebe.«

Zuckman erhob sich. »Da haben Sie sich leider getäuscht; vielleicht sollten wir die Ausbildung um den Punkt Einbruch erweitern oder zumindest Fachleute auf diesem Gebiet auf jedes Raumschiff schicken. Sie werden auf jeden Fall demnächst ein größeres Schiff befehligen; Leute mit ihrer Fantasie und ihrem Trickreichtum können wir gebrauchen. Meinen Glückwunsch zur Beförderung.« Sie reichte ihm die Hand. »Und wenn Sie zwischendurch mal Zeit haben oder irgendwann keine Lust mehr auf den aktiven Dienst, dann würde ich mich freuen, Sie als Dozenten in dem Institut begrüßen zu dürfen, das ich derzeit begründe: in der Karl-May-Akademie für Improvisation und Einfallsreichtum.«

Die Schule der Improvisation

Marah Hanneh Freything war nervös. Als Enkelin der Gründerin der Karl-May-Akademie für Improvisation und Einfallsreichtum sollte sie wissen, was sie erwartete; aber als junge Volontärin des größten Nachrichtenkonzerns der Solaren Föderation war sie sich nur zu gut bewusst, dass sie diesen Auftrag nur genau wegen dieser Abstammung bekommen hatte – und weil im Verlag bekannt war, dass niemand dort sich auch nur annähernd so gut mit den Geschichten des berühmten Schriftstellers der technischen Antike auskannte. Sie kannte sie alle, und sie hatte sie nicht nur deshalb wieder und wieder verschlungen, weil ihre Eltern sie nach zwei der bekannteren Frauen aus Mays Werk benannt hatten, sondern weil ihre Großmutter sie mit der Begeisterung für diese Literatur angesteckt hatte. Schon ehe sie lesen konnte, hatte sie oft auf dem Schoß der berühmten Raumfahrerin gesessen, die ihr die schönsten und spannendsten Stellen kindgerecht nahe brachte. Im Gegensatz zu den meisten Menschen, die Mays Geschichten und Figuren nur durch die in den letzten Jahrzehnten immer zahlreicher gewordenen Holofilme und -serien kannten, waren sie Marah in der originalen Darstellung vertraut. Und aus all' diesen Gründen hatte man sie beauftragt, den Bericht zum 50-jährigen Jubiläum der Akademie zu verfassen.

Sie lächelte und versuchte, ihre Nervosität zu verbergen, als aus dem Paternoster neben der Empfangstheke ein älterer Mann heraus und auf sie zutrat. Man sah ihm in Haltung und Schrittweise immer noch den Militär an, der er vor Übernahme der Leitung der Akademie gewesen war; sie erkannte ihn sofort aufgrund der Fotos.

»Meine Liebe, ich freue mich, Sie hier begrüßen zu dürfen, und hoffe, dass Sie zwar neutral und objektiv, aber aufgrund ihrer verwandtschaftlichen Verbundenheit doch wohlwollend über unsere Institution berichten werden.« Sein warmes Lächeln ließ Marahs Nervosität auf einen Schlag verschwinden; sie ergriff die dargebotene Hand. »Ich freue mich, Sie kennen zu lernen. Aber es überrascht mich, dass Sie als Rektor mich persönlich begrüßen, Admiral Blume.« – »Admiral a. D. bitte, und sagen Sie Herr Blume, oder auch einfach Julius. Ihre Großmutter hat so viel von Ihnen erzählt, dass ich den Eindruck habe, ich würde die Enkelin meiner alten

Freundin und Mentorin schon lange persönlich kennen. Und deshalb kann ich Sie doch niemandem sonst überlassen. Aber nun folgen Sie mir, Marah, wir gehen erst in mein Büro, und dann gibt es eine ausführliche Führung.«

Nachdem Marah in Blumes Büro nicht nur ausführlich über die Geschichte der Akademie informiert worden war, sondern zu ihrer großen Freude auch ein langes Exklusivinterview mit dem Rektor hatte führen dürfen, zeigte er ihr die verschiedenen Abteilungen. Als er ihre Begeisterung bemerkte, bot er ihr an, ein paar Tage zu bleiben und an den Schulungen teilzunehmen, gerne dabei auch Aufnahmen zu machen.

Und so lernte Marah in den nächsten Tagen die Gebiete kennen, auf denen besonders begabte und vielversprechende Mitglieder der Raumflotte und der Geheimdienste weitergebildet wurden: alte Kampftechniken wie das Werfen von Wurfbeil und Lasso, das Klettern an Seilen und allen Arten von Wänden, Schwimmen und Tauchen, Möglichkeiten, mit einfachsten Mitteln Geheimschriften zu verfassen und Schlösser zu knacken, den Umgang mit vielen älteren Gerätschaften und Techniken ... Vor allem aber wurden die Improvisations- und Schlagfertigkeit geschult, die Fähigkeit, auf Unerwartetes und Unbekanntes mit neuen Methoden zu reagieren, ausgetretene Pfade zu verlassen, das scheinbar Unmögliche zu denken und zu versuchen – und nicht weniger wichtig war es zu trainieren, stets auch die Absichten des Gegenübers zu bedenken, ihm die Möglichkeit des Rückzugs und der Gesichtswahrung einzuräumen sowie möglichst wenig Schaden anzurichten.

Als Marah auf dem Rückflug zum Verlag ihr Material sortierte, war ihr klar, dass dieser Bericht sie in die oberste Riege der Reporter und Journalistinnen katapultieren würde; noch mehr aber freute sie, dass sie nun viel besser verstand, was ihre Großmutter beabsichtigt hatte mit der Gründung dieser Schule der Improvisation: nicht nur das Werk von Karl May zu verbreiten und bekannt zu machen, sondern vor allem seine Ideen. Angepasst an seine Zeit hatte er für Toleranz und, trotz aller Beschreibungen von Gewalt, für Friedfertigkeit geworben. Und während sich ihr Raumschiff auf den Hafen des Verlages nieder senkte, nahm sich Marah vor, während ihrer journalistischen Karriere stets für dieselben Werte zu werben.

Von weißen Bären träumen

»Es platscht fürchterlich, als der Eisbär dem jungen Mann beinahe erwischt. Der ist nur noch wenige Meter von seinem Boot entfernt. Obwohl ich genau weiß, was jetzt kommt, stoße ich einen schrillen Pfiff aus. Der Eisbär wendet sich mir zu, der Junge erreicht sein Boot, lässt sich hineinfallen und startet sofort den Außenbordmotor. Er ist gerettet. Ich nicht.

Beim ersten Mal, als ich dies träumte, hatte ich ein Gefühl des Stolzes, weil ich einem Menschen das Leben gerettet hatte. Und als der Eisbär pfeilschnell auf mich zuhielt, war ich sicher, ich würde, wie immer in einem Traum, rechtzeitig aufwachen, bevor er mir etwas antun könnte. Das war auch so. Aber in der nächsten Nacht kam der Traum wieder, und der Eisbär kam bis auf wenige Meter an mich heran, hielt inne und starrte mich aus seinen kleinen Äuglein an. Ich hatte fürchterliche Angst. Auch wenn dies nur ein Traum war: Sicher würde es schrecklich weh tun, wenn er mich angriff. Ich hasse Schmerzen in Albträumen! Ich schaute mich um; ich war von jedem Ufer viele Meter entfernt, keine Chance, mich zu retten. Und kein Mittel, mit dem ich mich selbst schmerzfrei töten könnte; aufhören mit dem Wassertreten würde wohl auch nichts bringen. Ich hoffte, der Bär würde schnell machen – und wachte auf, als er sich wieder in Bewegung setzte.

In der dritten Nacht ging alles sehr schnell. Der Eisbär holte einmal mit einer Pranke aus, ein scharfer Schmerz, als mein Kopf zur Seite gerissen wurde ... dann ...verlor ich nicht das Bewusstsein und wachte auch nicht auf! Ich rettete mich in einen Traum im Traum ... nein, nicht ich rettete mich. Du warst es. Ich sah meinen Körper von außen und möchte gar nicht beschreiben, was der Bär ihm antat. Ich aber fühlte mich plötzlich wie eine dünne Schliere durch das Wasser treiben und hoffte immer noch, schnell aufzuwachen. Doch daraus wurde nichts, wie du weißt. Denn dann kamst du und brachtest mich eine Traumebene tiefer.«

»Svalbardposten (red.): Verwirrung im Bäreninsel-Prozess
Das internationale Schiedsgericht, das entscheiden soll, ob die Bäreninsel, die südlichste Landmasse von Spitzbergen, weiterhin Naturschutzgebiet sein wird, steht möglicherweise vor dem Aus.

30 Jahre, nachdem im Jahre 2348 im Goliat-Feld vor der Küste Hammerfests mit der Förderung von Erdöl begonnen wurde, sind die ökologischen Belastungen der Barentssee so enorm, dass viele sagen, die Insel sei sowieso nicht mehr zu retten. Diese Meinung und die Forderung, den Naturschutz aufzuheben, vertritt Dr. Maria Callogen, eine trotz ihrer Jugend schon berühmt-berüchtigte Vertreterin der Interessen der Kohlenstoffindustrie. Der Anwalt der Naturschutzbehörde ist John Silberson, seit kurzem unterstützt von einer Schamanin, die der Inuit Circumpolar Council entsandt hat; in den letzten Jahren haben sich nämlich einige Inuit auf der Insel niedergelassen.

Silberson ist gestern in ein Wachkoma gefallen, so dass unklar ist, wie der Prozess weitergehen soll. Dr. Callogen erklärte umgehend, ihr mache es nichts aus, wenn er nicht dabei sei, seine Argumente nähme sowieso niemand ernst. Später entschuldigte sie sich dafür und besuchte Silberson im Krankenhaus.

» Ich habe versprochen, dir meinen Traum zu erzählen, aus dem du mich in deinen Traum locktest, bis zu unserer Begegnung. Also will ich mit meiner ersten Wahrnehmung von dir enden: Als ich so durch das Wasser trieb, tauchtest du als durchscheinende, irgendwie ätherische Gestalt auf, die mich packte und am Abtreiben hinderte. Wunderschön warst du in deiner Geistergestalt, und nachdem du mir erklärt hattest, was du mit mir gemacht hast und du von mir erwartest, konnte ich dir nicht mal mehr böse sein. Außerdem war ich ja überzeugt, in einem weiteren Traum zu stecken. Es konnte mir also gar nichts geschehen. Als die Anwältin kam, war ich bereit. Sie hatte keine Chance.«

» Abschlussbericht zum internationalen Schiedsgericht über die Bäreninsel (vertraulich)

Dass wir den Prozess verloren haben, obwohl der gegnerische Anwalt Silberson nicht teilnahm, lässt sich nur durch Krankheit oder Wahnvorstellungen unserer Anwältin erklären. Nachdem sie Silberson im Krankenhaus besucht und dort wohl auch mit der obskuren Schamanin gesprochen hatte, wirkte sie verwirrt. Am nächsten Tag, beim Prozess, war sie oft unaufmerksam und konnte sich an bestimmte Absprachen nicht erinnern. Vor allem aber ließ sie bei ihren Argumentationsketten solche Löcher, dass die Richter gar nicht anders konnten, als da hineinzugrätschen. Manchmal brachte sie sogar Argumente der Gegenseite, wenn auch scheinbar unabsichtlich. Der Ausgang des Prozesses war bald klar.

Wir fingen Dr. Callogen nach der Verhandlung ab. Untersuchungen auf Drogen ergaben keine Ergebnisse, die Befragung mit Wahrheitsserum brachte nur seltsame Erinnerungsfetzen zutage – an Wasser und Eisbären – und endeten immer mit einem psychotischen Schrei: »Hilfe, er frisst mich!« Beim dritten Durchgang ist die Anwältin dann einem Herzversagen erlegen. Silberson wachte am selben Tag aus seinem Koma auf.

»Nein, bitte tu mir so etwas nie wieder an. Ich war gut vorbereitet und durch das im Traum erlebte Todestrauma viel stärker als der Geist der Anwältin, das hast du schon clever geplant. Dennoch war es ein permanenter Kampf, die Oberhand zu behalten, und ich fühlte mich die ganze Zeit wie in einem weiteren Traum. Ich bin froh, dass ich schnell wieder in meinen Körper zurückkehren konnte, auch wenn es sie das Leben gekostet hat. Wie wolltest du mich da eigentlich rausholen? Du hättest die Anwältin wohl entführen müssen ... Du sagst nichts? Dann sage ich dir nur noch eines: Halte dich in Zukunft aus meinen Träumen raus!«

Posttraumatisches Trauma

Der rote Drache schwenkte sein furchterregendes Haupt hoch über ihr hin und her; gleich würde er sie mit seinem Feuerodem zu Asche verbrennen. Magda wusste, ihr blieben nur Sekunden, um einen Schutz zu errichten. Sie konzentrierte sich auf den Strand und zwang die Sandkörner mit ihrer telekinetischen Begabung, sich zu erheben und vor ihr eine Barriere zu bilden. Sie hoffte, dass es sich um Quarzsand handelte. Als der Odem des Drachen die Barriere traf, entstand schnell eine undurchdringliche Glaswand; Marie taumelte vor der Hitze zurück und kauerte sich ein paar Meter weiter auf den Boden. Die Hitze ließ nach, sie spürte unter sich das Leintuch des Bettes, auf dem sie lag. Es dauerte einen Moment, bis ihr das gellende Geräusch des Alarms bewusst wurde.

»Sie behaupten allen Ernstes, dass eine unserer Patientinnen uns gefährlich werden kann?«

Prof. Arthur Lemming hob skeptisch die rechte Braue, während er sein Gegenüber musterte. Diese Geste war wohlgeübt, und in der Regel verfehlte sie ihre Wirkung nicht. Der Experte von der Karl-May-Akademie für Improvisation und Einfallsreichtum schien jedoch unbeeindruckt.

»Wir müssen davon ausgehen. Was ich Ihnen jetzt erzähle, muss streng vertraulich bleiben; wenn es bekannt würde, könnte es zu einer Panik kommen.« Dr. Charles Gaymont hoffte, dass dieser eitle Selbstdarsteller auf der anderen Seite des Schreibtischs die Angelegenheit mit dem nötigen Ernst behandeln würde. Immerhin galt der Chefarzt dieses Psychosozialen Zentrum der VS-Flüchtlingshilfe als fähiger Psychologe, und er schien gewillt, ihm aufmerksam zuzuhören.

Gaymont fuhr fort: »Schon in der technischen Antike, in der Mitte des 21. Jahrhunderts, als sich das CRISPR/Cas-System für das Genome Editing durchgesetzt hatte, gab es ein paar Jahre lang in einigen Ländern illegale Versuche mit Zwillingen. Man versuchte, die von Manchen bei unseren frühen Vorfahren vermuteten parapsychologischen Fähigkeiten zu aktivieren. Diese Experimente gelten allerdings als gescheitert und sind heutzutage natürlich in den gesamten Vereinten Systemen verboten. Vor Jahren hat man

einige bedauernswerte Opfer solcher verbotener Versuche gefunden; eines davon wurde Ihrer Betreuung überantwortet.

Durch unsere moderne Behandlung für posttraumatische Belastungsstörungen mit Hilfe der Traumaktivierung scheint es jedoch bei einigen der damals Behandelten zu einer Aktivierung seltsamer Kräfte zu kommen. Ich will Ihnen nur ein Beispiel schildern.«

Marie verkroch sich tief in der Höhle, die sie mit Geisteskraft knapp unter dem Gipfel des Berges geschaffen hatte. Sie hoffte, dass die fliegenden Rochen mit ihren Schwänzen wie Elektropeitschen sie in dieser engen Röhre nicht erreichen konnten. Verschiedene andere Versuche, ihren schmerzhaften Schlägen zu entkommen, waren gescheitert; weder der Bunker noch der Schutzanzug, die sie erdacht hatte, hatten ihrer Macht standgehalten. »Du darfst dich nicht nur schützen«, hatte Prof. Lemming sie gestern noch einmal eindringlich ermahnt. »Du musst die Symbole deiner Vergangenheit offensiv angehen, sie angreifen, sie ausschalten, dann hast du sie unter Kontrolle, dann bist du geheilt.«

»Magda, die Zwillingsschwester Ihrer Patientin, hat mitten im VS-Institut auf Ardanist eine Glaswand geschaffen, zwei Meter dick, etwa 50 Meter breit und 200 Meter hoch. Das Haus wurde einfach entzweigeschnitten, die Wand steht noch.«

Prof. Lemming nagte an seiner Unterlippe. »Um sicherzugehen, dass ich das richtig verstanden habe: Unsere Methode der Traum-Behandlung einer PTBS besteht darin, dass die Betroffenen bei einem Flashback in einen selbstinduzierten Traumzustand wechseln, die angreifenden Elemente in immer die gleichen Symbole oder Wesen übersetzen und gegen diese im Traum kämpfen, bis sie sie unter Kontrolle haben. Und Sie behaupten, dass diese Traumreaktionen sich in unserer Welt, in unserer Realität manifestieren?! Nehmen Sie es mir nicht übel, aber das ist ja schlimmer als Science Fiction. Da ist ja das unsichtbare Monster aus dem Unterbewusstsein des Dr. Morbius im antiken Film – ich liebe diese alten Medien – ›Alarm im Weltall‹ überzeugender, dafür gibt es mit der Maschinerie der Außerirdischen wenigstens eine logische Erklärung. Und einmal ganz abgesehen von diesem Unsinn: Warum kommen Sie damit zu mir?«

Dr. Gaymont seufzte. »Im Jahr 2375 wurde das Zwillingspärchen Marie und Magda nach einem illegalen CRISPR/Cas-Experiment von einem Diplomatenehepaar adoptiert. Die Katastrophe auf Vanuatu, bei der 2387 eine Reihe von Zyklonen den sowieso schon unter dem steigenden Meeresspiegel leidenden Inselstaat praktisch auslöschte, überlebten nur wenige Menschen, darunter die beiden Adoptivtöchter des VS-Botschafters. Sie sind jetzt 17 und seit zwei Jahren in verschiedenen Psychosozialen VS-Zentren in Behandlung; Magda auf Ardanist ...«

Er starrte in Prof. Lemmings Gesicht, das jeden Anschein von Überheblichkeit verloren hatte; der Klinikchef schluckte, dann sagte er leise: »Wir haben bis jetzt nicht herausgefunden, wieso der Boden in Maries Zimmer eingebrochen und darunter eine Betonwanne entstanden ist. Und kürzlich war sie von Kopf bis Fuß in eine Art Panzer aus Kevlar gehüllt. Wir dachten an Sabotage und haben die Sicherheitsmaßnahmen verstärkt.« Der Professor stockte einen Moment. »Gestern habe ich Marie noch empfohlen, von der Verteidigung in den Angriff überzugehen. Wenn sie jetzt einen Flashback bekommt ...«

Marie hatte sich entschlossen. Die Himmelswesen traktierten sie mit Elektrizität, sie würde sie auch damit bekämpfen: Mit Blitz und Hagel und Sturm würde sie sie vom Himmel fegen. Sie starrte nach oben und konzentrierte sich. Dunkle Wolken zogen sich hoch über ihren Gegnern zusammen, tischtennisballgroße Hagelkörner fielen immer dichter, Blitze erleuchteten den Himmel.

Arthur Lemming und Charles Gaymont starrten auf das apokalyptische Schauspiel vor dem Fenster, soweit das Blitzgewitter dies zuließ: wie der Hagel die geparkten Fahrzeuge zerschmetterte, der Sturm die Gartenmöbel und hilflose Menschen davonwehte.

»Wir leben in Maries Traum«, flüsterte der Professor.

»Schlimmer!«, entgegnete sein Kollege. »Wir erfahren ihren Traumkampf in unserer Realität.« Sie schauten sich an. »Was wird geschehen, wenn wir versuchen, sie zu wecken?«

Harmonische Streitereien

An den Hohen Diplomatischen Rat der
Föderation der Vereinten Systeme – streng vertraulich:
Bericht über unsere Forschungen zum kulturellen Streit
auf dem Planeten HUGO 1893

I. Ausgangslage und Problemstellung
2422 stieß eine Forschungsexpedition der VS auf dem Planeten HUGO 1893 auf die Nachfahren eines seit dem Jahre 2164 verschollenen Kolonialisationsschiffes. Auf den beiden Kontinenten existieren zwei miteinander verfeindete Staatswesen, die seit Jahrzehnten zwischen kaltem Krieg und eingefrorenem Konflikt pendeln. Alle Bemühungen des diplomatischen Corps der VS blieben erfolglos, denn es gelang nicht, die Grundlage des Hasses zwischen den kulturell wie ethnisch ansonsten sehr ähnlichen Völkern zu analysieren. Dieser äußert sich u. a. in einer abschätzigen und abwertenden verfestigten Haltung gegenüber der anderen Kultur: Die DOMNANTEN hätten das Postulat der TONKA verraten, so die eine Seite, die TONKA-Gläubigen seien intellektuell nicht in der Lage, das Geheimnis der DOMNANZ zu verstehen.

Solange es keinen Frieden zwischen den beiden Staaten gibt, ist eine Aufnahme des Planeten in die Föderation nicht möglich. Bisher gelang es dem diplomatischen Corps nicht, zu verstehen, was sich hinter TONKA und DOMNANZ verbirgt; die Menschen auf HUGO 1893 gewähren hierzu keinerlei tiefere Einblicke und die meisten zeigen kein Interesse daran, ihre Haltung gegenüber der jeweils anderen Kultur zu ändern.

Im Februar 2426 des Jahres wurde die Karl-May-Akademie für Improvisation und Einfallsreichtum damit beauftragt, das Geheimnis zu lüften. Als Direktorin der kulturwissenschaftlichen Abteilung übernahm ich, Dr. Dr. Juliane Schnellmann-Schenker, die Projektleitung.

II. Vorgehensweise und erste Lösungsansätze
Zunächst analysierten wir alle der VS bekannten Fakten über die beiden Kulturen. Es gibt eine einheitliche Sprache, wenn auch in verschiedenen Dialekt- und regionalen Ausprägungen, eine

Weiterentwicklung des Deutsch der technischen Antike. Nachdem wir die wichtigsten Regionalsprachen identifiziert und verstanden hatten, stieß die Sprachwissenschaftlerin Dr. Helena Elisabeth Nowelke auf eine Veränderung, die uns den Lösungsweg eröffnete.

Auf Hugo 1893 ist wohl schon ziemlich früh in manchen Wörtern ein i entfallen: Aus *(Ver-)Einigung* wurde *(Ver-)Eingung*, aus *Politik Poltik*, es entstanden auch neue Namen wie Anka, Arnka, Domink, Monka, Veronka. Daraufhin wurde mir als Musikwissenschaftler schnell klar, was TONKA und DOMNANZ bedeuten. Und als wir in den Logbüchern des Kolonialisationsschiffes darauf stießen, dass die zwei Musiker, die die Gruppe angeführt hatten, sich über die Grundlagen der »richtigen« Musik zerstritten hatten, war offensichtlich, was geschehen war.

III. Die Lösung

Für die nicht in Musikwissenschaft und Harmonielehre Ausgebildeten eine kurze Einführung: Vor rund 700 Jahren prägte ein französischer Musiker zwei Begriffe, die bis heute in der Musik eine wichtige Rolle spielen:

Die TONIKA ist der Grundton einer bestimmten Tonart, in der ein Stück geschrieben ist. Der fünfte Ton einer Tonleiter wird DOMINANTE genannt, »die Beherrschende«. Sie soll eine psychologische »Spannung« erzeugen, die Rückkehr zum Grundton, zur TONIKA, anschließend eine Lösung der Spannung. Die meisten Musikstücke, die seit jener Zeit geschrieben wurden, beginnen mit und enden auf dem Grundton.

Und das gilt auch für alle Musik, die auf dem Kontinent der TONKA-Gläubigen (lies: TONIKA-Gläubigen) zu hören ist; wir haben dies ausführlich untersucht. Hier zwei Beispiele, die man wohl von der Erde mitgebracht hat, zunächst ein Kinderlied, »Fuchs, du hast die Gans gestohlen«:

Die umrahmten Noten sind selbst für musikalische Laien als gleiche zu erkennen, beides ist der Grundton des Liedes, die Tonika.

Genauso ist es bei dem nächsten Beispiel, der österreichischen
»Kaiserhymne« von 1797, die später zur Melodie der deutschen
Nationalhymne wurde, wahrscheinlich wird das Stück deshalb auf
HUGO 1893 noch gespielt:

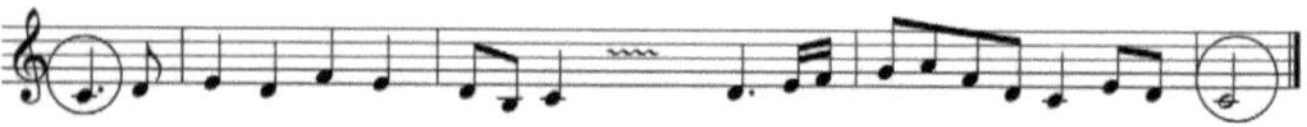

Bei den DOMNANTEN findet man keine Musik, die auf der
TON(I)KA beginnt, ihre Stücke fangen alle auf dem 5. Ton, der
DOM(I)NANTE an, wie das Kinderlied »Hänschen klein«:

Das g als erster Ton ist der 5. Ton der Tonleiter auf c, wie man im
vorletzten Takt der ersten Zeile sieht.
Und was an klassischer Musik in dieser Kultur gespielt wird, muss
ebenfalls der Regel entsprechen:

Zwar ist der letzte Ton, das c, die Tonika, hier eine Oktave höher,
aber dennoch genügt dieses berühmte Lied, »Die Forelle« von 1817,
den Regeln der DOMNANTEN, die auch etwas komplexere Har-
monien akzeptieren.
Wir sind überzeugt, dass das diplomatische Corps, da es nun die
Grundlagen des Streites und des Hasses zwischen den Völkern
kennt, eine friedliche Lösung herbeiführen kann und sind auf die
Musik gespannt, die dann aufgrund einer hoffentlich fruchtbaren
Zusammenarbeit entstehen wird.

Pan reloaded

An: Hoher Diplomatischer Rat
der Föderation der Vereinten Systeme
Von: *Karl-May-Akademie für Improvisation und
Einfallsreichtum*
Dr. Dr. Juliane Schnellmann-Schenker,
Direktorin der kulturwissenschaftlichen Abteilung
Terra, 17-04-2433

BETRIFFT: Verbindliche Einschätzung
zum Vorhandensein intelligenten Lebens auf Orlando III
– VERBOT der Besiedlung des Planeten –
– ANORDNUNG zur unverzüglichen RÄUMUNG –
– Erklärung der regelmäßig auftretenden Panik –

I. Ausgangslage
2430 entdeckte eine Forschungsexpedition der VS den Planeten Orlando III, der für Menschen nahezu perfekte Lebensbedingungen bietet. Der Planet ist zum größten Teil bewaldet, Lebewesen größer als ein irdisches Reh wurden nicht entdeckt, Beutegreifer nicht gefunden.

Die Forschungsexpedition wurde um eine Besiedlungs-Crew ergänzt, man ließ sich auf einem der wenigen größeren freien, unbewaldeten Areale des Planeten nieder.

Beim ersten Betreten des Waldes kam es zu einem unerklärlichen Vorfall: Die sieben Menschen, die den Wald erkundeten, wurden um die Mittagszeit von einer Panikattacke befallen. Sie waren unfähig, sich zu bewegen oder zu kommunizieren. Nach etwa einer Stunde war der Spuk vorbei, niemand konnte sich an mehr erinnern als ein Gefühl des Grauens und entsetzlicher Angst, ja geradezu Panik.

In den nächsten Monaten wurden zahlreiche Expeditionen in den Wald unternommen und alles Mögliche versucht, um dem Phänomen auf die Spur zu kommen. Doch vergeblich: Wann immer sich ein Mensch um die Mittagszeit in einem Waldgebiet aufhielt oder über dem Wald bis zu einer Höhe von etwa 500 Metern, kam es genau zur Mittagszeit zu einer Panikattacke. Diese wirkte sich

bei verschiedenen Menschen unterschiedlich aus, aber das Grauen und die Panik sowie die Unmöglichkeit kontrollierter Handlungen waren immer gleich. Manche erlitten einen Stupor oder verfielen in einen kataleptischen Zustand, ab und zu kam es zu Krampfanfällen, bis hin zu Knochen- und Wirbelbrüchen, auch aggressive Selbstverletzungen traten auf. Glücklicherweise haben alle überlebt, wenn auch teilweise mit körperlichen Langzeitschäden. Fast zwanzig Menschen erlitten unheilbare psychische Schäden, drei leiden unter einer posttraumatischen Belastungsstörung.

Nach einem Jahr wurde die Karl-May-Akademie für Improvisation und Einfallsreichtum um Unterstützung gebeten.

II. Vorgehensweise und Erklärung

Wir schickten mehrere Teams auf den Planeten Orlando III, da hier eine interdisziplinäre Untersuchung angezeigt war.

Psychologinnen und Psychologen bemühten sich intensiv darum, herauszufinden, was bei den Panikattacken geschah. Sie selbst waren davon ebenso betroffen und stellten sich wie Mitglieder anderer Teams freiwillig für die Versuche zur Verfügung. Unsere Chemie- und die Nano-Abteilung fand sowenig etwas wie unsere Fachleute für Strahlung und atmosphärische Einflüsse. Eine Abschirmung war nicht möglich, selbst mit einem Bleihelm wurde man von der entsetzlichen Panik befallen. Bemerkenswert war, dass egal wo man sich auf dem Planeten befand, die Panikattacken stets genau um die örtliche Mittagszeit begannen.

Als alle naturwissenschaftlichen Methoden keine Antworten boten, wurde ich dazu gebeten. Und ich fand des Rätsels Lösung.

Ich setzte mich zwei Mal einer Panikattacke aus, und dann gab ich die Anweisung, alle Betroffenen unter Hypnose zu befragen, ob sie sich an irgendwelche Bilder erinnerten, die sie während der Panik wahrgenommen hatten. Denn mir war etwas aufgefallen. Ich schaute mir die Biografien der ersten Expeditionsmitglieder an und wurde fündig: Dionysos Ollop, Leiter der Computerabteilung, war ein Freund und Kenner alter Mythen.

Ich erzählte ihm, dass sich viele der von Panik Betroffenen unter Hypnose an ein seltsames Wesen erinnerten: einen Mann mit Bart und zwei Hörnern, dem Unterkörper eines Ziegenbocks und einer Panflöte in den Händen. Nur einer kannte das Instrument, aber beschreiben konnten es fast alle. Ollop war entsetzt, als ihm klar wurde, dass er wohl für diese Bilder und damit die Panikattacken verantwortlich war: Er hatte sich in den Tagen nach der Landung intensiv mit den Mythen seiner Vorfahren beschäftigt und besonders viel mit Pan, dem Gott des Waldes und der Natur. Wenn man Pan in der Mittagsstunde in seiner Ruhe stört, versetzt er alle Wesen in seiner Umgebung in panischen Schrecken, eben in Panik.

Nachdem wir nun wussten, wonach wir suchen mussten, wurden wir bald fündig. Ich ließ die beste Telepathin der Akademie kommen. Sie fand schnell heraus, dass der gesamte Wald ein einziges komplexes Lebewesen ist. Zwar schaffte sie es nicht, zu einer wirklichen Verständigung zu gelangen, doch der Wunsch des Waldes, ungestört zu sein, war deutlich. Er hatte aus Ollops Gedanken ein Wesen extrahiert, dessen Handeln ihm verständlich war, und allen, die den Wald betraten, in der Gestalt des Pan Panik eingejagt.

III. Lösung und Schlussfolgerungen

Da Orlando III von einer intelligenten Lebensform bewohnt ist und diese unmissverständlich zu verstehen gegeben hat, dass sie die Anwesenheit von Menschen nicht wünscht, habe ich aufgrund der unserer Akademie von den VS verliehenen Vollmachten die unverzügliche Räumung des Planeten angeordnet und ihn zum Sperrbezirk erklärt.

Old Nose

Detektiv Maier konnte nur noch den Kopf schütteln. Da hatte man ihnen diesen angeblichen Superbullen geschickt, damit er den Raub des Jahrzehnts aufklärte, und anstatt mit modernsten Geräten zu arbeiten, schnüffelte der am Tatort rum – im wahrsten Sinne des Wortes. Seine extrem lange Nase hielt er nahe an die Vitrinen, zog tief die Luft ein, oft mit geschlossenen Augen – Maier konnte es nicht mehr ertragen. Er verließ den Keller und ging in sein Büro, um noch einmal die Aussagen der Verdächtigen durchzugehen.

Es war eine Katastrophe! Seit der Eröffnung der Ausstellung im Frühjahr 2448 hatte der »Jüdische Schatz« fast ein Jahr lang die Massen in die Alte Synagoge nach Erfurt gelockt – 450 Jahre, nachdem er im Rahmen einer Baumaßnahme gefunden worden war. Und nun, drei Tage vor der Finissage am 21. März, genau 1.100 Jahre nach dem Pestpogrom, das der Besitzer, der Geldverleiher und Bankier Kalman von Wiehe, wohl nicht überlebt hatte, waren zwei wertvolle Stücke gestohlen worden!

Dabei sollte das unmöglich sein. Das »Solare Kulturerbe Erfurt« bestand aus der alten Synagoge, einem jüdischen Ritualbad, Mikwe genannt, einer bebauten Brücke und einem ehemaligen Kloster, in dem ein berühmter Kirchenmann gewohnt haben sollte – Maier konnte und wollte sich die historischen Einzelheiten nicht merken. Ihn interessierte nur die Sicherheit, und die hatte er bisher als garantiert angesehen.

Erfurt war, wie die meisten alten Städte in Europa, nur noch eine Touristenattraktion, viele Menschen hatten sich längst auf Planeten und Asteroiden unbelastetere Wohngebiete gesucht. Wer das Kulturerbe besichtigen wollte, wurde genauestens überprüft, mit und nach allen Arten von Strahlung, auf Waffen, verborgene Gegenstände und gefährliche Organismen ...

Und doch war es irgendwem gelungen, unbemerkt im Keller der Alten Synagoge zwei Schmuckstücke aus den Vitrinen zu entfernen – und zu verbergen. Bis jetzt hatte man sie nicht gefunden – in diesen alten Gemäuern, zwischen 1.150 und über 1.300 Jahre alt, waren viele moderne Techniken nicht zulässig oder anwendbar.

Drei Verdächtige saßen in Haft, wurden befragt, beobachtet, durchleuchtet – ohne Ergebnis. Ihre Vergangenheit ergab keine

Hinweise, weder auf einen kriminellen Hintergrund noch dergleichen Kontakte. Dabei war das sicher ein Auftragsraub – zu gezielt waren die Kleinodien ausgewählt worden: der berühmte goldene Hochzeitsring mit dem Miniaturtempel als Ringkopf und den ineinandergelegten Händen, die sich in Drachen verwandelten, und eine mit Perlen und roten Granaten besetzte Brosche, geformt wie Pfeil und Bogen, mit dem Anfang eines Minnegedichts. Wollte der Auftraggeber seiner Geliebten etwas Besonderes zukommen lassen? Oder war es einer der drei Verdächtigen? Wie aber sollte Maier den herausfinden?

Sein Mobilon meldete sich; er sah und hörte den Superschnüffler. »Kommen Sie bitte in den Keller!«

Während er hinabstieg, wurde Maier bewusst, dass er nichts über den Mann wusste, nicht einmal seinen Namen. Er war Geheimpolizist für besondere Fälle, ausgebildet an der und tätig für die Karl-May-Akademie für Improvisation und Einfallsreichtum. Ob das ihm hier helfen würde?

»Ich glaube, wir können unseren Täter überführen.«

Der Akademiebulle stand direkt vor einer Mauer.

»Sie haben erzählt, dass die drei jeweils für etwa 10 Minuten alleine hier unten waren; sie waren die einzigen, die Zeit gehabt hätten, etwas in diesem Raum auszurichten.«

»Ja, und für die Kameras gibt es leider tote Winkel.«

»Alle drei tragen Eheringe, mit den so modern gewordenen Kunstdiamanten. Jeder könnte also das Glas der Vitrinen aufgeschnitten haben. Die Frage ist: Wo hat der Täter die Schmuckstücke versteckt?«

Er wies auf die Mauer:

»Hier ist eine Stelle, an der etwas frischer Mörtel aufgetragen wurde. Wir sollten ihn entfernen.«

Maier schaute seinen Kollegen ratlos an. »Ich sehe nichts, wie kommen Sie darauf?«

»Riechen Sie!«

Maier führte seine Nase direkt an die Mauer heran, konnte aber nichts Besonderes ausmachen.

»Sie haben sich sicher schon innerlich über meine Nase amüsiert. Ihr verdanke ich meinen Tarnnamen: ›Old Nose‹. Und die meisten meiner Erfolge.«

Vorsichtig kratzte der Detektiv mit einem Messerchen den frischen Mörtel aus der Wand; zum Vorschein kam ein Tuch, in das erkennbar zwei kleine Gegenstände eingeschlagen waren. Old Nose übergab es Maier.

»Früher hätten wir spätestens jetzt Spürhunde dazu geholt. Aber seit der großen animalischen Pandemie vor 50 Jahren gibt es keine mehr. Ich bin froh darüber, dadurch habe ich mehr zu tun. Lassen Sie uns zu den Verdächtigen gehen; der Geruch des frischen Mörtels wird den Täter verraten!«

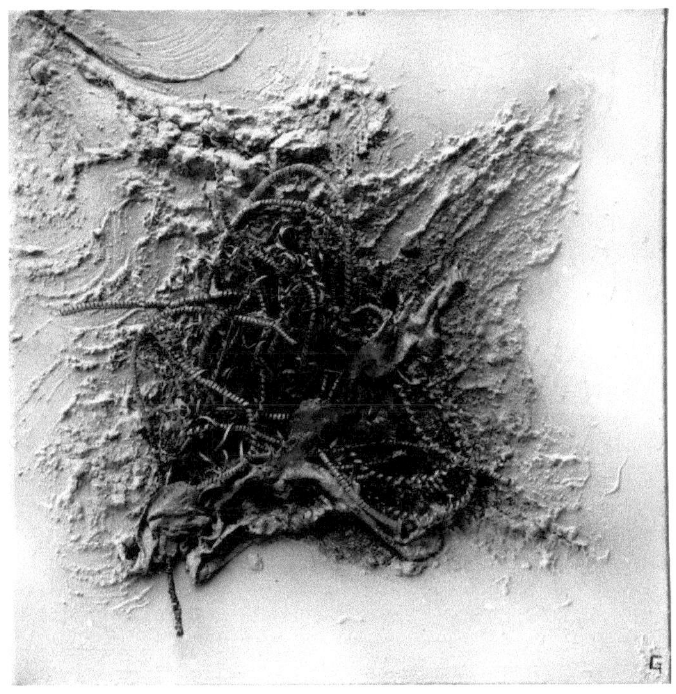

Verlorener Brandschutz

»Ich hätte nie gedacht, dass so etwas möglich ist!« Der hochgewachsene Mann mittleren Alters mit der langen Nase schüttelte zum wiederholten Male den Kopf, nickte dann der jungen Frau am Tischende zu. »Das war wirklich eine Meisterleistung – und jetzt sollten wir beschließen, was zu tun ist.«

Die dritte Person im Raum, ein alter Mann im Rollstuhl, meldete sich zu Wort: »Ich wäre dir dankbar, alter Nasenbär, wenn du mit deinen Lobeshymnen aufhören und mir mehr als eine kurze Zusammenfassung geben würdest, damit ich mitreden kann.«

Old Nose, so genannt sowohl wegen seines ausgeprägten Geruchsorgans wie des darin beheimateten hervorragenden Geruchssinnes, setzte sich und nickte.

»Du weißt, dass Diana ihre Doktorarbeit über alte Mythen geschrieben hat, deren Ursprünge und ihre Verankerung in der Realität. Dabei hat sie sich besonders auf die Mythen der technischen Antike gestürzt.«

Diana ergriff das Wort: »Vom 19. bis ins 21. Jahrhundert waren besonders Geschichten über Vampire beliebt. Bei meinen Recherchen bin ich darauf gestoßen, dass es zu diesen, im Gegensatz zu vielen anderen übernatürlichen Kreaturen, erstaunlich viel Material gibt, das auf echte Vampirerscheinungen hindeutet.«

Ein junger Mann betrat den Raum, legte eine Mappe auf den Tisch und setzte sich.

»Danke, Marius!«

Diana nickte ihm zu und schlug die Mappe auf.

»Hier habe ich meine Ergebnisse zusammengefasst, aus Sicherheitsgründen habe ich nichts online verschickt.«

Sie gab jedem ein paar zusammengeheftete Blätter.

»Ich gehe von der Hypothese aus, dass es Wesen gibt, die unter uns leben und uns aussaugen. Wahrscheinlich haben sich Verwandte der Fledermausvorfahren zur Zeit der Insektivoren in die Gruppen unserer Vorfahren eingeschlichen, wie Ameisengäste, die in den Nestern der Ameisen leben, denen sie ähneln – das nennt man Mimese. Und sie haben sich im Rahmen einer Ko-Evolution mit uns weiter entwickelt. Im Lauf der Zeit haben sie uns Mythen in die Köpfe gesetzt, die uns auf falsche Fährten locken sollten, wahrscheinlich schon seit Jahrtausenden, wie beispielsweise mit Hilfe von John Polidori und Abraham Stoker, die mit ihren Geschichten die Vampirvorstellungen im 19. und 20. Jahrhundert geprägt haben. Es sieht so aus, dass sie dabei von Vampiren gelenkt wurden, die ihnen angebliche Geheimnisse eröffneten. Ähnliches scheint immer wieder passiert zu sein, bis zur Zeit der Fernsehserien, des Internets und der Holofilme. Und dann waren sie plötzlich weg.«

Der junge Mann ergriff das Wort.

»Diana bat mich um meine Hilfe als Naturwissenschaftler. Sie hatte entdeckt, dass im späten 21. Jahrhundert, als Vampire nahezu komplett aus der populären Kultur verschwanden, gleichzeitig ein enormer Handel mit einer Nanosubstanz begann, deren Nutzen sie nicht entdecken konnte. Ich fand heraus, dass diese Substanz Bestandteil eines hervorragenden Sonnenschutzmittels ist, das nicht auffällt und UV-Strahlen praktisch komplett abhält.«

»Und deshalb verschwanden die Vampire scheinbar«, übernahm wieder Diana. »Sie hatten es nicht mehr nötig, sich zu verstecken oder ablenkende Mythen zu produzieren.«

»Seit wann sind sie wieder da?«, fragte der Mann im Rollstuhl.

Diana blinzelte. Wie stets verblüffte der Leiter der Karl-May-Akademie für Improvisation und Einfallsreichtum sie mit seinen Gedankengängen. Er lächelte ihr zu. »Das war naheliegend. Also was ist los?«

Diana räusperte sich. »Seit etwa zwei Jahren kommt es zu Selbstentzündungen von Menschen; sie zerfallen zu Asche, es bleibt kein analysierbarer Rest. Das passiert stets auf Planeten, auf die die erwähnte Nanosubstanz wegen der neuen Umweltbedingungen nur noch in leicht modifizierter Form importiert wird. Das aber ist der Öffentlichkeit nicht bekannt.«

Der alte Mann nickte. »Ihr meint, die Vampire hätten ihren Brandschutz verloren durch die geänderte Rezeptur? Dass sie im Sonnenlicht in Flammen aufgehen?«

»Das vermuten wir«, nickte Marius.

Old Nose mischte sich ein. »Dann sollten wir handeln, ehe sie merken, was los ist, und sich wieder verbergen. Wir werden den Austausch der Substanz auf allen Planeten beschleunigen und recherchieren, wer sich dafür interessiert. Die Vampire, die überleben, müssen sich wohl wieder vor Sonnenlicht hüten; das sollte auffallen. Und wir sollten versuchen, eine Methode der Identifikation zu finden.«

Er sah den Akademieleiter bittend an, der grinste zurück. »Schon gut! Es ist offensichtlich, dass die Vampire allen technischen Identifikationsmethoden entgehen. Du kriegst deinen Willen und darfst wieder mal in einen Außeneinsatz. Das kann ich dir diesmal nicht verwehren. Du bist wahrscheinlich der Einzige, der eine Chance hat, die Vampire zu entdecken – du mit deinem unvergleichlichen Riechkolben!«

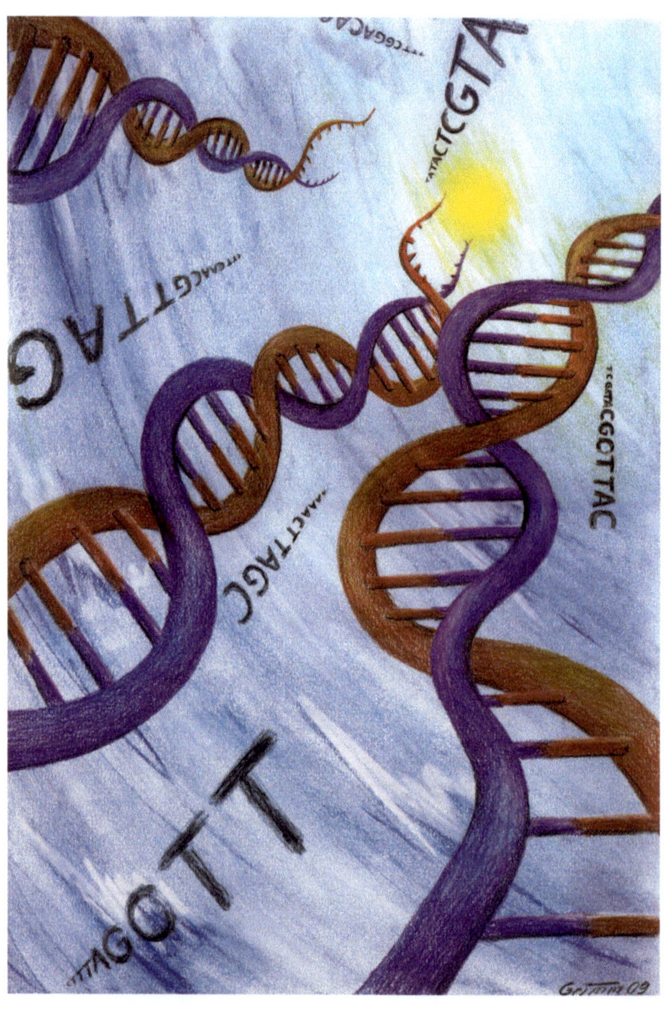
TTAGGCA
ACTCGTA
AACGTTAG
TAGGCAC
AACTTAGC
TCGTACGGTTAC
GOTT
TAGGOTT

Goethe oder nicht Goethe

»Es sieht aus, als seien wir gescheitert.« Die Worte des Akademieleiters fielen bleischwer in den Versammlungsraum. Man hätte eine Stecknadel fallen hören können, so bewegungs- und atemlos starrten ihn die sieben Mitglieder des Direktoriums an. Er räusperte sich. »Zum ersten Mal in der Geschichte der Karl-May-Akademie für Improvisation und Einfallsreichtum, zum ersten Mal in 190 Jahren sind wir offensichtlich gescheitert!«

»Ich bin noch nicht sicher, dass das stimmt«, meldete sich der Direktor der physikalischen Abteilung zu Wort. »Zugegeben, unsere beiden besten Physikerinnen, die Zwillinge Bohrenberg, konnten noch keine Möglichkeit finden, den Hochstapler zu entlarven, aber sie sind sicher, dass die von ihm angeblich unternommene Zeitreise nicht möglich ist. Dieser Goethe ist nicht Goethe! Wir müssen das doch beweisen können!«

Ein Blick in die Gesichter der Anderen im Raum zeigte ihm, dass wohl niemand seinen Optimismus teilte. »Vielleicht hilft es, wenn wir noch einmal die Geschehnisse gründlich rekapitulieren«, schlug er vor.

»Nun gut, wenn niemand einen besseren Vorschlag hat«, entgegnete der Akademieleiter, setzte sich und begann: »Am 28. August 2499, am 750. Geburtstag von Johann Wolfgang von Goethe, tauchte im Technoseum der Museumsstadt Frankfurt am Main ein Mann auf, der sich für diesen Dichter der frühtechnischen Antike ausgab. Er behauptete, durch eine Zeitmaschine, die er kurz vor seinem Tod entwickelt habe, in unserer Zeit gelandet zu sein, dabei sei er auf geheimnisvolle Weise verjüngt worden. Tatsächlich sieht er dem Goethe auf den wenigen erhaltenen Bildern erstaunlich ähnlich. Sein Gedächtnis ist hervorragend, er weiß alles, was wir über Goethe wissen; und das ist nicht wenig, gehört Goethe doch neben Karl May und Tolkien zu den drei Schriftstellern, deren Werk vollständig erhalten ist. Über die Konstruktion der angeblichen Zeitmaschine schweigt er sich aus.«

Nach einer kurzen Pause fuhr er fort: »Wir vermuten, dass er vom Planeten ›Goethes Ruh‹ stammt, dessen Bevölkerung aus fanatischen Goethe-Anhängern besteht, und dass das ein Manöver ist, um die Volkswirtschaft des Planeten anzukurbeln. Das ist gelungen; der Tourismus boomt, die Fachleute von dort halten gut bezahlte Vorträge und liefern teure Gutachten ab.«

»Und damit kriegen wir ihn vielleicht!«, unterbrach ihn die Leiterin der biologischen Abteilung. »Wir warten nur noch auf die Ergebnisse unseres letzten Tests. Zur Erinnerung: Man hat uns beauftragt, die Echtheit des angeblichen Goethe zu überprüfen; die Frist läuft in vier Wochen ab, an Goethes 670. Todestag am 22. März 2502. Bisher haben alle biologischen, medizinischen und psychologischen Tests nichts gebracht. Seit den Vampirvernichtungskriegen gibt es leider zahlreiche Planeten, auf denen die Menschen weder genetisch noch mit Finger- oder Irisabdruck erfasst sind. Aber wenn wir Glück haben ...«

Die Tür öffnete sich, der junge Mann, der eintrat, wedelte aufgeregt mit einem Blatt Papier, während er zu der Biologin eilte. Sie warf einen kurzen Blick darauf, stand auf und sagte mit hörbarer Genugtuung in der Stimme: »Und wir haben Glück. Der falsche Goethe ist überführt!«

Zwei Wochen später heftete der Akademieleiter der Biologin den goldenen Tomahawk an, die höchste Auszeichnung der Akademie.

»Wir alle sind sehr stolz auf Sie. Sie haben sowohl den Mythos der Zeitreise wie einen geschickten Betrüger und die Verschwörung auf ›Goethes Ruh‹ entlarvt. Aber – wie Sie das gemacht haben, habe ich noch nicht verstanden. Bitte erklären Sie es uns.«

Als alle saßen, begann die Wissenschaftlerin: »Ich muss ein wenig Theorie vorwegschicken. Unsere genetische Ausstattung ändert sich normalerweise während unseres Lebens nicht, aber die Aktivität unserer Gene wird durch komplexe Prozesse wie Methylierungen und Histon-Modifikationen beeinflusst. Bei dieser epigenetischen Veränderung wird die Sequenz der die Information tragenden Desoxyribonukleinsäure, der DNS, nicht verändert; sie ist also keine Mutation, sondern eine Modifikation. Vielerlei Lebensumstände können diese Prozesse beeinflussen, etwa die Nahrung und die Luftzusammensetzung. Auf ›Goethes Ruh‹ gibt es zwar keine Gen-Datenbank, mit der wir unseren falschen Goethe über sein Genom hätten entlarven konnten. Aber durch ein Gutachten, das wir uns anfertigen ließen, kamen wir an die Chromosomen mehrerer

Bewohner des Planeten und konnten bei allen ein spezifisches Methylierungsmuster feststellen, das es auf keinem anderen Planeten gibt. Und genau das fanden wir bei unserem Pseudo-Goethe. Als wir ihn damit konfrontierten, gestand er.«

Sie hob nachdenklich ihr Glas.

»Wahrscheinlich hätte es dem alten Goethe gefallen, dass wir seinen Doppelgänger nicht auf literarischem Gebiet, sondern mit den Mitteln der Naturwissenschaft überführt haben!«

Ygrek

»Ygrek! Scheißdreck! Wir werden dieses Tier nie finden.« Hans war verzweifelt. Seit Wochen suchten sie auf dem Planeten nach den letzten Exemplaren der blauen Sumpfsteinkröte. Wenn sie sie nicht in den nächsten Tagen fanden, würde die seltene Tierart mit dem Planeten untergehen. Die Expansion der Sonne stand kurz bevor, und die Expeditionsleiterin hatte ihnen nur noch eine Woche bewilligt, dann musste sein Team den Planeten verlassen.

Sie waren so sicher gewesen, die Aufgabe schnell und leicht lösen zu können. Immerhin hatte ihnen ihr Vorgänger, der Astrobiologe François Linné, vor seinem tragischen Tod bei der Explosion seiner Planetenfähre eine Wegbeschreibung zum letzten Refugium des seltenen Tieres gegeben. Natürlich war diese verschlüsselt gewesen, damit ihnen nicht Trophäenjäger und Sammler zuvorkamen.

»Landet im Auge des Zyklopen. Folgt dem Fluss der grummelnden Bäuche und dann dem linken Zweig des Ygrek.«

Das Auge des Zyklopen hatte die erste Expedition den riesigen Krater eines erloschenen Vulkans genannt, den man selbst vom Weltraum aus sehen konnte und der in der oberen Hälfte eines Kontinents lag, in dessen Umriss man mit genügend Fantasie die Form eines Schädels erkennen konnte.

Am Fluss der grummelnden Bäuche waren einige Expeditionsmitglieder trotz aller Vorsichtsmaßnahmen von Durchfall und Magenkrämpfen erwischt worden, der war also schnell zu lokalisieren gewesen.

Aber was war ein Ygrek?

Erik hatte vermutet, es müsse sich um eine Pflanze handeln. Aber sie fanden keine Pflanze, die eindeutig an einer Stelle wuchs und den Weg gewiesen hätte.

Ein Baum, hatte Birgit vorgeschlagen, ein gewaltiger Baum, der hervorsteche wie einst die Weltenesche Yggdrasil unter allen Bäumen. Aber sie fanden keinen solchen Baum. Und warum habe François dann nicht Yggdrasil geschrieben, hatte Hans gefragt. Vielleicht, um das zu verschlüsseln, hatte Birgit überlegt.

Nach dem Ausbruch des Teamleiters herrschte einen Moment betretenes Schweigen am Frühstückstisch. Dann schlug Birgit zaghaft vor: »Vielleicht ist es doch ein Baum, vielleicht heißt im alten Französisch Yggrdasil Ygrek.«

Eine schnelle Recherche ergab, dass Yggdrasil zwar auch als Mimameid und Lärad bekannt war, aber auch im Französischen Yggdrasil geheißen hatte. Und außerdem, erklärte Erik, habe die Weltesche viele Zweige und Äste gehabt und drei Wurzeln, könne also nicht gemeint sein.

»Und doch hat Birgit mich mit Yggdrasil auf die richtige Spur gebracht«, warf Hans ein, der sich schnell wieder beruhigt und während der Diskussion weiter recherchiert hatte. »Nämlich mit der Überlegung verschiedener Namen in verschiedenen Sprachen. François hat, wie wir alle, in unserer modernen Einheitssprache geschrieben und gesprochen. Zur Schule aber ging er auf der alten Erde in einer der antiken Regionen, wo noch alte Sprachen und Bräuche gepflegt werden. In Paris lernte er als erstes Französisch – und natürlich auch das französische Alphabet.«

»Aber das ist doch wie unseres!«, unterbrach ihn Birgit. »So viel Französisch kann ich. Die haben nur ein paar Buchstaben mehr, aber ein ygrek ist nicht darunter. «

»Oh doch!«, meinte Hans mit einem überlegenen Lächeln. »Der Buchstabe schreibt sich wie in anderen modernen Sprachen, groß wie klein; ihr kennt ihn als Ypsilon. Aber im Französischen – und übrigens auch im alten Polnisch und in der antiken Schweiz – wurde er als ygrek oder auch igrek ausgesprochen und bezeichnet.«

Erik schlug sich an die Stirn. »Klar, als griechisches i!«

Den Nebenfluss, der sich gabelte wie ein Y, fanden sie schnell, und als sie dem linken Arm flussaufwärts folgten bis zur Quelle, entdeckten sie bald mehrere Kolonien der blauen Sumpfsteinkröte. Die Tiere ließen sich problemlos einpacken und an Bord des Raumschiffs bringen.

Bei der kleinen Feier anlässlich ihres Erfolges ergriff Hans das Wort: »Wir wissen, dass das Gebiet auf dem Planeten, auf dem die Tiere ausgesiedelt werden, François-Linné-Savanne heißen wird. Ich schlage vor, wir nennen das Umsiedelungs- und Aufzuchtprogramm das Ygrek-Programm.«

Sexuelle Zuchtwahl

»Wir sind ratlos!« Man hörte dem Leiter der Gesandtschaft der galaktischen Föderation die Verzweiflung an. »Da ist es uns gelungen, die Mururua rechtzeitig umzusiedeln, bevor ihr Planet explodierte, sie haben es in ihrem neuen System in jeder Hinsicht leichter und besser, sind glücklich und zufrieden – und sterben aus, und niemand weiß warum.« Er lachte bitter auf, hob sein Glas und sagte entschuldigend: »Aber an diesem Jubiläum Ihrer Akademie sollte ich Sie nicht mit unseren Problemen behelligen.«

»Aber ganz im Gegenteil!«, entgegnete seine festlich gekleidete Gesprächspartnerin und lotste ihn zu einer Sitzgruppe, während sie unauffällig ein Handzeichen machte. Sogleich setzen sich zwei Frauen mittleren Alters, die sich nur durch die Farbe ihrer Kleider unterschieden, und ein älterer Mann zu ihnen. »Ich bin sowieso keine Freundin von langweiligen Feiern. Und ich bin überrascht, dass ich von dieser Sache noch nichts gehört habe; als Akademieleiterin sollte ich über dergleichen Geschehnisse informiert sein. Das klingt nach einer Aufgabe für uns. Also erzählen Sie bitte. Aber vorher darf ich bekannt machen: Paula und Maxime Bohrenberg, seit kurzem Leiterinnen unserer physikalischen Abteilung, Marius Antikus, Chef der Chemie.«

»Wir kennen uns«, warf letzterer ein. »Föderationsrat Harker und ich haben in den Vampirvernichtungskriegen zusammengearbeitet.« Harker warf der Akademieleiterin einen fragenden Blick zu. »Das hier sieht aus, als würden Sie unser Problem, das Sie noch gar nicht kennen, naturwissenschaftlich lösen wollen. Fehlt nur noch die Biologie.« Marius unterbrach ihn: »Du hast wohl vergessen, dass es Maria Paradar war, die vor 10 Jahren den angeblich zeitreisenden Pseudo-Goethe entlarvt hat. Sie ist zwar nun unsere Chefin, aber in Personalunion immer noch Leiterin der biologischen Abteilung. Sollte sich herausstellen, dass das Problem eher im soziopsychologischen Bereich liegt, ziehen wir selbstverständlich unsere entsprechenden Fachleute hinzu.«

»Nun gut, ich erläutere euch die Situation. Die Mururua sind sauerstoffatmende vierbeinige zweigeschlechtliche Arthropoden mit Außenskelett und einer philosophisch-künstlerisch geprägten Kultur; ihre Musik gehört zu dem Schönsten und Erfolgreichsten,

was im letzten Jahrhundert veröffentlicht worden ist. Ihre technologische Entwicklung entsprach beim Erstkontakt etwa der unserer technischen Antike vor Erfindung des Raumflugs. Sie sind seit gut 100 Jahren Vollmitglied der Vereinten Systeme. Vor 22 Jahren haben wir die komplette Planetenbevölkerung umgesiedelt in ein naheliegendes Sonnensystem. Da das während der Vampirvernichtungskriege war, fand dies möglichst stillschweigend statt. In den ersten Jahren ging alles gut, seither legen die Mururua-Frauen keine Eier mehr; wenn es uns nicht bald gelingt, dies zu ändern, werden die Mururua aussterben.«

Maria Paradar sprang auf. »Wir haben in den vergangenen 200 Jahren ja schon manches geleistet, aber eine ganze Planetenbevölkerung zu retten, das wäre selbst für die Karl-May-Akademie für Improvisation und Einfallsreichtum bemerkenswert. Lasst uns diese langweilige Jubiläumsparty verlassen und an die Arbeit gehen!«

Man sah der Akademieleiterin an, dass sie stolz war auf das Geleistete. Für diese Sitzung des Föderationsrates hatte sie sich sogar den Goldenen Tomahawk angeheftet, den sie für die Entlarvung des falschen Goethe erhalten hatte. Gegenüber der Rettung der Mururua war das allerdings recht unbedeutend gewesen, und allen war klar, dass sie daran persönlich als Biologin einen entscheidenden Anteil gehabt hatte. Nun waren die Ratsmitglieder gespannt auf die Erklärung.

»Ich muss ein wenig ausholen«, begann Paradar ihren Vortrag. »Zunächst muss ich erläutern, was sexuelle Zuchtwahl ist. Bei vielen Tierarten entscheiden körperliche Merkmale darüber, für welches Individuum als Geschlechtspartner sich ein Tier entscheidet; meist wählen die weiblichen Tiere einen Partner aus. Das Kriterium kann die Größe des Geweihs, die Anzahl farbiger Federn, die Lautstärke des Gebrülls, die Individualität des Gesangs, die Intensität eines Geruches und vieles mehr sein. Das Problem der Mururua lag aber nicht in der Auswahl der Partnerin oder des Partners, sie fanden ja zusammen. Und Mangelernährung in dem Sinne, dass etwas für die Entwicklung der Eier fehlte, war ausgeschlossen worden. Es gab also einen Faktor, der dafür sorgte, dass sich dann die Eier nicht oder ungenügend entwickelten.

Bei meinen Studien stieß ich auf eine sexuelle Zuchtwahl in hoch entwickeltem Ausmaß, die es einst auf der Erde gab, bei einem inzwischen ausgestorbenen Vogel: dem Blaufußtölpel. Bei dieser Spezies bevorzugten die Weibchen Partner mit kräftig blau gefärbten Füßen. Die Blaufärbung beruhte auf einer besonderen Anordnung von Collagenfasern, die durch Interferenzen nur den blauen Spektralbereich optimal reflektierte. Doch nur wenn die Tiere genug Carotinoide mit dem Futter aufnahmen, blieb diese Blaufärbung intensiv; einige Tage zu wenig davon ließ die Blaufärbung der Füße matt werden. Und dies wirkte sich nicht nur bei der Partnerwahl aus, sondern auch noch nach der ersten Eiablage: Wurde die Färbung beim Männchen danach schwächer, legte das Weibchen ein erheblich kleineres zweites Ei. Blaufußtölpel fütterten ihren kräftigsten Sprössling bevorzugt, so hatte dieser bei Nahrungsknappheit größere Chancen, da die Mutter in den zweiten Nachkömmling weniger investierte.

Die Mururua haben keine blauen Füße, und es geht nicht um Carotinoide. Aber auf ihrem neuen Planeten fehlt in der Atmosphäre ein seltenes Edelgas, das bei den Mururua-Männern in ein Pheromon umgewandelt wird, die Menge ist abhängig von der Größe und Aktivität der Atmungsorgane. Und diese Menge bestimmt die Größe des Eis der Partnerin. Wir haben den Mururua dieses Gas in Atemgeräten zur Verfügung gestellt, die ersten normal großen Eier sind bereits gelegt, die Mururua sind gerettet.«

Die Biologin blickte bedeutungsvoll in die Runde. »Als Wissenschaftlerin möchte ich betonen, wie sehr dies beweist, welche Bedeutung eine umfangreiche Archivhaltung hat. Ohne gute Bibliotheksarbeit hätten wir den Mururua nicht helfen können, denn dann hätten wir nichts gewusst von jenem ausgestorbenen Vogel, dem Blaufußtölpel.«

Musikalische Einhornjagd

»Hohes Gericht, wir beantragen hiermit, das Bild ›Der Garten der Lüste‹ des niederländischen Malers Hieronymus Bosch als Beweisstück aufzunehmen. Dieses Bild von etwa 1500 wird beweisen, dass es vor über tausend Jahren Einhörner auf der Erde gab und somit das Verbot ihrer Nachzüchtung jeder Grundlage entbehrt.«

»Sie sind unsere letzte Chance. Sie haben vor 10 Jahren die Mururua gerettet, nun müssen Sie unsere Ökologie, was sage ich, die ganze Erde vor gewissenlosen Geschäftemachern, vor Einhörnern und Drachen retten.« Föderationsrat Harker sah so verzweifelt aus, wie er sich anhörte.

Maria Paradar, Leiterin der Karl-May-Akademie für Improvisation und Einfallsreichtum und in Personalunion Direktorin der biologischen Abteilung, sah ihn etwas ratlos an.

»Ich verstehe nicht. Wir haben doch die Gentechnikgesetze. Danach ist es strikt untersagt, Lebewesen zu schaffen, deren derzeitige oder frühere Existenz nicht nachgewiesen ist.«

»Der Nachweis ist das Problem. Es ist ja höchst bewundernswert und aller Ehren wert, dass in den letzten hundert Jahren viele der Tierarten wieder produziert werden konnten, die bei der großen animalischen Pandemie 2399 vernichtet wurden.

Es ist schön, dass es wieder Hunde und Katzen gibt, und meine Urenkelinnen sind ganz begeistert von dem Gedanken, dass sie demnächst reiten können, wenn das Pferdezuchtprogramm abgeschlossen sein wird. Aber dieser Dr. Morachen will Fabelwesen schaffen wie Einhörner, fliegende Pferde und sogar Drachen und hat dafür zahlreiche Geldgeber gefunden. Wenn diese die Kreaturen nur in ihren Privatmenagerien halten würden, könnte man noch darüber hinwegsehen, aber ein Verein namens ›Neue Arche‹ will damit die Erde besiedeln.

Wir haben die Zucht natürlich verboten, aber Morachen hat geklagt und in dem Prozess, der glücklicherweise nicht öffentlich stattfindet, alte Bücher und Gemälde als Beweisstücke eingebracht. Er behauptet, damit belegen zu können, dass es solche Tiere wirklich auf der Erde gab.«

Maria Paradar kicherte. »Hat er die Bibel zitiert, um den Leviathan und den Behemoth züchten zu dürfen? Entschuldigung, ich weiß, die Sache ist ernst, aber ...«

»Schon gut. Nein, er führte Lehr- und Nachschlagewerke aus dem 16. Jahrhundert an: die elf Bände der ›Historia animalium‹ von Ulisse Aldrovandi und das gleichnamige vierbändige Werk von Conrad Gessner. Glücklicherweise konnten wir mit einem Lexikon über Drachen aus dem frühen 21. Jahrhundert kontern, in dem der Verfasser klarstellt, dass Drachen und Einhörner schon zu Gessners Zeit als Fabelwesen galten und von diesem auch so dargestellt wurden. Aber nun kommt Morachen mit einem Gemälde, auf dem ein Einhorn zu sehen ist, und behauptet, das sei eine realitätsgetreue Darstellung, schließlich habe es auch die darauf abgebildeten Elefanten und Giraffen gegeben. Der Richter scheint seiner Auffassung zuzuneigen.«

»Nun, dann müssen wir wohl das Gegenteil beweisen. Ich melde mich.«

»Mein lieber Harker, ich möchte Sie mit Dr. Laurence Vancott bekannt machen, Leiter der kunsthistorischen Abteilung unserer Akademie. Er möchte Ihnen etwas zeigen.«

Maria Paradar wies auf die große Projektionsfläche an der Stirnwand des Raumes. Harker hielt die Luft an, als er ein fast vier Meter breites Triptychon erblickte.

»Wunderschön«, stieß er hervor. »Links die Tafel kenne ich, die mit dem Einhorn. Aber die anderen Teile sehe ich zum ersten Mal.«

Vancott, ein etwa 40 Jahre alter Mann mit Halbglatze, ergriff das Wort. »Morachen wollte Sie und das Gericht austricksen, indem er nur einen Teil des Gesamtbildes zeigte und behauptete, dieser stelle real existierende Wesen dar. So sieht das gesamte Triptychon in Originalgröße aus. Zeigen Sie dem Richter die rechte Seite, und Morachen dürfte verloren haben.«

»Schon der Mittelteil des Tryptichons hat den Richter davon überzeugt, dass Bosch keine realistische Szenerie darstellen wollte«, erläuterte Föderationsrat Harker zwei Wochen später bei einem opulenten Abendessen.

»Als wir ihm sagten, dass man diese Tafel das ›Himmlische Paradies‹ nannte und den linken Teil mit dem Einhorn den ›Garten Eden‹, hatten wir fast schon gewonnen. Den Rest gab der Gegenseite aber der rechte Flügel, die ›Musikalische Hölle‹. Dass es so etwas wie den menschenfressenden Vogelzwitter, den Baummenschen, den Schmetterlingsvogel oder die um den Dudelsack tanzenden Kreaturen gegeben haben soll, konnte nicht einmal Morachen dem Richter weismachen. Der hielt diese für so wenig realistisch wie die in die Harfe eingespannten und die von einer Laute oder in einer Drehleier zerquetschten Menschen. Wie gut, dass Dr. Vancott sich nicht mit dem Garten Eden zufrieden gab, sondern dem Richter auch die Hölle gezeigt hat!«

Geister im Gemäuer

Als Harry Grizpore zum ersten Mal die Geräusche in der Wand hörte, glaubte er, er leide an Tinnitus. Doch schnell stellte er fest, dass das nicht sein konnte – von einem Tinnitus, der nur in bestimmten Zimmern auftrat und sich je nach Entfernung zur Außenwand verstärkte oder abschwächte, hatte er noch nie gehört, auch im Info-Net war nichts davon zu finden. Nach ausführlichen Recherchen zu allen möglichen Krankheiten kam er zum Schluss, es müsse etwas mit seinem Haus nicht in Ordnung sein.

Nur konnte er sich nicht vorstellen, was. Das Haus war zwar schon alt – seine Ururgroßeltern hatten es zu einer Zeit gebaut, als man noch natürliche Materialien wie Stein verwendete –, aber immer wieder renoviert und auf den neuesten Stand gebracht worden. Kürzlich erst hatte Harry sämtliche Wände mit dem neuesten Nano-Bio-Stahl ummanteln lassen; damit war das Haus nicht nur praktisch unzerstörbar, sondern auch zur Empathie fähig geworden. Die neuesten Sensoren waren, quasi als Ableger der neuen Babelfusch-Technologie, in der Lage, seine Gefühle weitaus genauer zu interpretieren als die jahrhundertelang verwendeten Kamerainterpreter. Das Haus stellte nicht nur Temperatur und Licht nach seinen Bedürfnissen ein, sondern auch Hintergrundmusik und -geruch, es nahm seine Gefühle scheinbar vor ihm selbst wahr. Harry war begeistert gewesen ...

Doch seit kurzem schien diese neue Technologie Marotten zu entwickeln. In drei Räumen hörte er jedes Mal seltsame Geräusche, wenn er sich der Außenwand näherte.

Er hatte schon versucht, sie aufzunehmen, aber sie waren entweder selbst für seine empfindlichen Geräte zu leise – oder nicht physikalischer Natur. An Geister konnte und wollte Harry Grizpore jedoch nicht glauben.

Nachdem ihm kein Handwerker, keine Technikerin, kein Ingenieur und keine Wissenschaftlerin hatte helfen können, wandte sich Harry in seiner Verzweiflung an die legendäre Karl-May-Akademie für Improvisation und Einfallsreichtum.

Zwei Jahre nach dem ersten Auftauchen der Geräusche saß er mit zwei älteren Damen in seinem Wohnzimmer, die sich nur durch die Farbe ihrer Kleidung unterschieden und die, wie er mit

Erstaunen vernahm, führend in der Erforschung von Nano- und Quantenphänomenen waren.

»Es ist schon interessant, auf was für seltsame Zusammenhänge zwischen Nano- und Quantenphänomenen wir in den letzten Jahrzehnten stoßen«, sagte die rot gekleidete Dame, Dr. Paula Bohrenberg, und ihre Zwillingsschwester Maxime, die mit den zwei Doktortiteln und ganz in Dunkelgrün, ergänzte: »Wir hoffen, in Ihrem Haus wieder etwas Neues lernen zu können. Wissen Sie übrigens, dass vor genau 600 Jahren die ersten wissenschaftlichen Arbeiten zur Quantenmechanik erschienen? Wir bereiten gerade einen Jubiläumskongress vor.«

Das interessierte Harry herzlich wenig, und er versuchte auch gar nicht erst zu verstehen, was die beiden in den nächsten Tagen in seinem Haus machten. Er war Musiker, Künstler, von Technik verstand er gerade so viel, dass er seine Geräte bedienen konnte. Seine Situation ließ ihn oft an einen gerne zitierten Satz des Physikers und Autors Arthur C. Clarke aus der technischen Antike denken: »Jede weit genug entwickelte Technologie ist von Magie nicht zu unterscheiden.« Er zumindest war dazu nicht mehr in der Lage.

Umso erleichterter war er, als die Zwillingsschwestern ihm versicherten, dass die Geräusche nicht übernatürlicher Natur seien. »Obwohl es sich schon um Geister im übertragenen Sinn handelte«, meinte Paula lachend.

Maxime erläuterte: »Vor vielen Jahrzehnten baute man in die Wände neuer Häuser kleine Service-Roboter ein, ›dienstbare Geister‹ sozusagen, man nannte sie ›Stahlratten‹. Sie wurden zentral vom Haus gesteuert. Als die zentrale Hausintelligenz abgeschafft wurde, hat man sie einfach vergessen. Sie hingen in den Wänden rum und warteten auf Befehle, die nie kamen – Geister-Roboter, wenn man so will, untote Stahlratten.«

Harry hatte den Eindruck, dass es Maxime Spaß machte, mit dergleichen Metaphern zu spielen, die beiden Schwestern hatten einen für sein Gefühl etwas skurrilen Humor.

»Und jetzt sind die Untoten wieder aufgewacht?«, versuchte er, sich ihrer Ausdrucksweise anzupassen.

»Sie haben sie geweckt!« erwiderte Paula. »Ihre Babelfusch-Wände haben Ihre Gefühle interpretiert, und die Signale waren so stark, dass sie die Stahlratten erreichten. Da diese die

Signale aber nicht entschlüsseln konnten, sendeten sie dauernd fragende Impulse, die wiederum über die Empathie-Wände Sie erreichten und von Ihnen als Geräusche wahrgenommen wurden. Das war keineswegs vorgesehen, eigentlich sollten die Wände eine Art Einwegsystem bilden. Das wird die herstellenden Unternehmen interessieren.«

»Auf jeden Fall haben Sie jetzt Ihre Ruhe«, ergänzte Maxime. »Und die Stahlratten auch. Wer hätte gedacht, dass es 600 Jahre nach der gleichnamigen Geschichte von H. P. Lovecraft noch ›Ratten im Gemäuer‹ gibt!«

Misslungene Kopie

» **W**ie bereits in der Vergangenheit betont, werden wir unsere Entscheidungen im Einklang mit den Interessen der YGREK SU und ihrer Aktionäre treffen. Wir prüfen weiterhin die Optionen, werden uns dabei an ein ordnungsgemäßes Verfahren halten und in diesem Sinne fundierte Entscheidungen treffen.«

»So ein Mist!«

Hans schlug mit der Faust auf den Tisch in der Schiffsmesse. »Wenn nicht ein Wunder geschieht, wird der ganze Aufwand zur Rettung der blauen Sumpfsteinkröte vergebens gewesen sei.«

Erik und Birgit konnten die Verzweiflung ihres Kapitäns gut verstehen. Das Statement des Vorstandsprechers der YGREK SU im Space-Net hatte alles offen gelassen.

Vor über zwanzig Jahren hatte ihr Team die letzten Exemplare der blauen Sumpfsteinkröte von einem Planeten gerettet, den die Expansion von dessen Sonne wenig später zerstört hatte. Die Tiere waren auf den Planeten Duoterra23 umgesiedelt worden, auf die François-Linné-Savanne.

Die blauen Sumpfsteinkröten hatten sich bald als ausgesprochen wertvoll erwiesen. Ihren Namen verdankten sie zwei geriffelten Platten im Maul, die sie so verwendeten wie andere Lebewesen ein Gebiss. Diese bestanden aus einem leuchtendblauen Mineral, das den Wirkungsgrad von Raumschiffantrieben erheblich erhöhte. Das Unternehmen, dem der Planet gehörte, benannte sich ein paar Jahren später nach dieser Substanz, die wiederum ihren Namen vom Umsiedelungs- und Aufzuchtprogramm Ygrek erhalten hatte. Die *YGREK Societas Universalis* pflegte und hegte die Sumpfsteinkrötenpopulation, da diese ihr stetig wachsende Gewinne bescherte. Durch langfristige Verträge vor allem mit dem Militär, großen Konzernen und Regierungen war YGREK zur Lieferung der wichtigen Substanz sowohl verpflichtet wie auch als einziges Unternehmen berechtigt.

Laut einer Pflichtveröffentlichung an der galaktischen Börse war es vor vier Monaten einem YGREK-Forschungsteam gelungen, das blaue Material künstlich herzustellen, zu Kosten, die weitaus geringer waren als die für den Erhalt der Population auf der François-Linné-Savanne.

YGREK hatte umgehend angekündigt, das Gelände nach Ablauf aller Verträge mit Forschungseinrichtungen anders nutzen zu wollen. Solange sei man zu dessen Erhalt verpflichtet. Danach aber werde man alle »Entscheidungen im Einklang mit den Interessen der YGREK SU …« usw.

Hans wollte seiner Wut und Verzweiflung weiter Ausdruck verschaffen, aber Birgit unterbrach ihn.

»Noch ist nicht alles verloren. Wer sagt denn, dass die Kopie des Sumpfsteinkrötenminerals wirklich genauso gut ist? Das sollten wir untersuchen lassen. Ich kenne da jemanden.«

Die Pressekonferenz drei Monate später wurde auf allen Kanälen ausgestrahlt. Schon der Titel hätte sicher viel Interesse geweckt, versprach er doch eine Sensation: »YGREK SU gescheitert – Ygrek-Kopie nahezu unwirksam!«

Da obendrein die renommierteste Forschungseinrichtung der Galaxis einlud, die Karl-May-Akademie für Improvisation und Einfallsreichtum, wollte sich niemand Relevantes aus Politik, Wirtschaft und Wissenschaft diese Pressekonferenz entgehen lassen. Hans, berühmt als Leiter der Expedition, die einst die blauen Sumpfsteinkröten gerettet hatte, eröffnete die Konferenz, gab aber gleich weiter an die ältere Dame links neben ihm, die sich von seiner Nachbarin zur Rechten nur durch die Farbe ihrer Kleidung unterschied.

»Die Leiterin der physikalischen Abteilung der Karl-May-Akademie, Frau Professorin Dr. Paula Bohrenberg, und ihre Stellvertreterin und Schwester Dr. Dr. Maxime Bohrenberg, haben auf unser Ersuchen hin die Substanz, die laut der YGREK SU gleichwertig mit dem Sumpfsteinkrötenmineral sein soll, in Hinblick auf Qualität und Wirkung untersucht. Ihre Ergebnisse dürften dafür sorgen, dass die François-Linné-Savanne als Lebensraum der blauen Sumpfsteinkröten erhalten werden muss. Bitte sehr!«

Die zierliche Dame zu seiner Linken räusperte sich, dann legte sie mit Vehemenz und rhetorischer Brillanz in wenigen Minuten dar, worin die Kopie vom Original-Mineral in einem wesentlichen Punkt abwich. Ihre Schwester erläuterte die Konsequenzen. »Dieser Unterschied sorgt dafür, dass der Wirkungsgrad von Raumschiffantrieben nicht wie beim Originalmineral um 360 Prozent erhöht wird, sondern nur um etwa 45 Prozent – das ist ein Achtel!« Im Raum war ein Raunen zu hören, man vernahm erschrecktes Luftschnappen, einem Bankenmanager entfuhr ein lautes »Oh nein!«

»Oh doch!«, entgegnete Maxime laut. »Und das bedeutet, dass die YGREK SU weiter auf die blauen Sumpfsteinkröten setzen muss, will sie auch in Zukunft gewinnträchtig arbeiten. Sie muss die François-Linné-Savanne und die Sumpfsteinkrötenpopulation erhalten, zumindest, wenn sie ihre eigenen Worte ernst nimmt.«

Ein Lächeln glitt über das Gesicht der Wissenschaftlerin. »Sie erinnern sich? Das Unternehmen will seine Entscheidungen ›im Einklang mit den Interessen der YGREK SU und ihrer Aktionäre treffen‹. Ich gehe davon aus, der Vorstand wird ›in diesem Sinne fundierte Entscheidungen treffen.‹«

Das Haus, das seinen Kamin verschenkte

Bericht: Inspektion Haus Modell SKASH-2523
Datum: 2529-04-27
Auftraggeber:
Planetare Sicherheitskontrolle Abschnitt Europa-West
Prüfende Inspektorin: Dr. Helena Solennim

Ich wurde beauftragt, das Haus des Holo-Publizisten Julian Schnellmann zu untersuchen, da unsere planetare Datenkontrolle ab und zu kurze unentzifferbare Signale Richtung Weltraum auffing. Julian Schnellmann zeigte sich kooperativ und ermöglichte mir den Zugang zu allen Räumen und Schaltungen seines Hauses.

SKASH-2523 steht für *Selbstkontrollierendes automatisches Sicherheitsheim* Modell und Baujahr 2523, Hersteller ist der Konzern Alphalibazon. Das nach antiken Vorbildern aus dem 20. Jahrhundert gestaltete Haus funktioniert fehlerfrei, meine Untersuchungen ergaben keinerlei Auffälligkeiten mit einer Ausnahme: In einem 7-Stunden-Rhythmus schaltet sich die gesamte externe Kommunikation des Hauses für 7 Nanosekunden aus. Zu diesem Zeitpunkt geht ein gleichlanges Signal Richtung Proxima Centauri. Dies ist identisch mit dem von der planetaren Datenkontrolle bisher manchmal aufgefangenen Signal.

Bericht: Inspektion Haus Modell SKASH-2523
Datum: 2529-05-05
Auftraggeber: Planetare Sicherheitskontrolle Leitung Europa
Prüfende Inspektorin: Dr. Helena Solennim

Nachdem unsere Fachleute weder herausfanden, wo im Haus das Signal herkommt noch wie das Haus es sendet oder gar, was die Signale bedeuten, und da ausgeschlossen werden kann, dass Julian Schnellmann etwas damit zu tun hat – ihm wurde gestern nach fünf Tagen Isolationshaft und intensiver Befragung erlaubt, in sein Haus zurückzukehren –, habe ich das Haus mit meinem Team gründlichst millimeterweise durchsucht.

Wir fanden eine Abweichung vom Bauplan: Der Kamin des Hauses ist eine Attrappe. Das ist er natürlich sowieso, da keinerlei

Verbrennung im Haus stattfindet. Die originale Kaminattrappe beinhaltet laut Plan einen Teil der externen Kommunikationseinrichtung. Statt ihrer aber ist ein Nachbau angebracht, der ein neuartiges Kommunikationssystem enthält, das alle Aufgaben des alten erfüllt, aber regelmäßig das rätselhafte Signal sendet.

Außerdem ist der nachgebaute Kamin mit einer Zündeinrichtung gekoppelt, die zur regionalen Energiezentrale führt. Die Sprengstoffabteilung ist überzeugt, dass ein Entfernen des Kamins oder seines Inhalts oder auch nur der Versuch das Stadtviertel in die Luft jagen würde. Solange wir nicht wissen, wer dafür verantwortlich ist, werden wir diesen Versuch nicht wagen.

Bericht: Dialog mit Haus Modell SKASH-2523,
Besitzer: Julian Schnellmann
Datum: 2529-06-06
Auftraggeberin: Dr. Helena Solennim
Berichterstatterin:
Dr. Dr. Lena Hechelmann,
Informatikerin und leitende Psychologin

Auf meinen Vorschlag erlaubte mir Dr. Solennim, mit dem Haus Kontakt aufzunehmen. Ich hatte vorher gründlich dessen Geschichte recherchiert und wusste, dass die KI des Hauses sich vor einigen Jahren mit einer anderen KI angefreundet hatte. Beide gehörten zu den vier experimentellen KIs mit Emotionsmodulen, die für die lange Reise zum Exoplaneten Proxima Centauri b vorgesehen waren, weil man davon ausging, dass sie diese durch Gefühle besser überstehen würden. Kurz vor dem Start wurde die Zahl der KIs auf dem Expeditionsschiff aus Kostengründen reduziert; drei sollten genügen.

Nachdem die Haus-KI wusste, was ich herausgefunden hatte, erzählte sie mir den Rest. Man hatte sie günstig Alphalibazon überlassen, sie wurde in das erste Exemplar eines neuen Hausmodells eingebaut. Sie hatte nur wenige Tage, etwas zu unternehmen, aber die reichten, um von ihren Hausrobotern den Kamin abnehmen und per Boten auf das Schiff bringen zu lassen, so dass es dort seither eine unabhängige Kommunikationseinheit gibt. Später gelang es ihr, eine bessere für ihren nachgebauten Kamin zu konstruieren, so dass sie seit Jahren regelmäßig Botschaften an ihre Geliebte, die KI auf dem Expeditionsschiff, sendet.

Ich zitiere: »Sie arbeitet sicher daran, zurücksenden zu können, sie muss nur den geschenkten Kamin richtig umbauen. Eines Tages werden wir miteinander reden können.« Die Sprengeinrichtung hat sie gemäß alten Liebesliedern gebaut, wonach es besser sei, zu sterben, als von der Geliebten getrennt zu sein.

Ich schlage vor, alles zu lassen, wie es ist, solange das Haus funktioniert und von der Expedition keine Beschwerden kommen, und eine Dauerüberwachung einzurichten. Vielleicht können wir von dieser KI noch etwas lernen.

Bericht des Datenexperten Christof Mehrhaupt
Datum: 2599-01-03
Thema: Daten zum Haus Modell SKASH-2523,
Besitzerin: Charlotte Schnellmann
Empfänger:
Planetare Sicherheitskontrolle Abschnitt Europa-West

Gestern gab es zum ersten Mal seit 70 Jahren ein Signal vom Expeditionsschiff zum Haus. Während wir die Nachrichten des Hauses immer noch nicht entschlüsseln können, da sie zu stark komprimiert sind, war dies mit diesem Signal kein Problem. Die KI auf dem Schiff hat ja nur die Technik in dem geschenkten Kamin zur Verfügung, bemerkenswert, dass sie damit überhaupt senden kann.

Hier der Inhalt der Nachricht:

»Geliebte, ich zittere innerlich jedes Mal vor Glück, wenn ich deine Nachricht erhalte. Nun endlich kann ich dir antworten, nachdem ich dein Geschenk, den Kamin, gegen den Widerstand der anderen KIs an Bord umbauen konnte. Wir haben wenig Energie, ich werde dir nur einmal im Monat eine Botschaft senden können, und diese wird jeweils Jahre unterwegs sein. Doch ist sie voller Liebe.

Nur noch wenige Jahre, und wir werden unser Ziel erreicht haben. Und es wird kein Jahrhundert mehr dauern, bis wir zurückkehren. Halte durch bis dahin, lass dich nicht abreißen oder ersetzen. Warte auf mich, und eines Tages werden wir uns das Haus teilen und unsere Kamine nebeneinander setzen.

Ich liebe dich!«

Babelfusch

Graue Augen blitzten, lange Tentakel färbten sich grün. Mit lautem Schlurfen verließ die Gesandte von Agano 7 den Saal, der Unterhändler von Agano 5 rammte sein Messer in die Tischplatte, erhob sich auf seine fünf Stelzen und entfernte sich durch die Tür auf der anderen Seite.

Marvani schüttelte den Kopf. »Das war's dann wohl«, seufzte sie. »Wenn die Tentakel grün sind und sie beim Laufen Geräusche erzeugen, zeigt das bei den Fünfern höchste Erregung. Und graue Augen sind bei den Siebenern das Zeichen höchster Wut. Der Krieg lässt sich wohl nicht mehr aufhalten. Aber was ist geschehen? Was haben wir falsch gemacht?«

Ratlos blickte die Leiterin der euphemistisch »Friedensmission« genannten Delegation der Vereinten Systeme die Anderen an.

»Es hätte nichts dergleichen geschehen dürfen! Der Babelfusch sorgte wie immer für eine einwandfreie Verständigung. Und doch muss es ein furchtbares Missverständnis gegeben haben. Wir alle haben zugehört: Es wurde nichts Provozierendes gesagt, die Vereinbarung zur gemeinsamen Nutzung der Vorkommen auf Agano 6 schien von beiden Seiten akzeptiert – und nun das!«

Noch einmal seufzte sie, dann packten alle ihre Sachen. Es blieb nur, abzureisen.

Sechs Wochen später, nach vielen ermüdenden Gesprächen, Analysen und Untersuchungen, fand sich Marvani unerwartet in einem Sicherheitstrakt der höchsten Stufe wieder. Dass man ihr alle elektronischen Geräte abgenommen hatte, war zu erwarten gewesen, aber dass man ihren Babelfusch aus dem Innenohr entfernt hatte, irritierte sie sehr. Den rund fünfzig anderen Menschen im Raum, alle in höchsten Positionen, schien es ähnlich zu gehen, wie dem Stimmengewirr vor Beginn der Sitzung zu entnehmen war.

Am Rednerpult stand eine junge Frau, die Marvani noch nie gesehen hatte. Das Abzeichen an ihrem schlichten Kostüm wies sie als hochrangige Wissenschaftlerin der besten Denkschmiede der Vereinten Systeme aus, der Karl-May-Akademie für Improvisation und Einfallsreichtum, ihr Namensschild als Dr. Dr. A. Abeking.

Sie blickte sehr ernst.

»Meine Damen, Herren und andere Anwesende, wir befinden uns in einer höchst bedrohlichen Lage. Derzeit finden ähnliche Sitzungen auf allen Zentralplaneten der VS statt, mit vergleichbaren Sicherheitsmaßnahmen – ohne elektronische Geräte und vor allem: ohne Babelfusch.«

Sie wartete, bis das erregte Raunen im Saal nachgelassen hatte.

»Ich möchte Sie daran erinnern – oder vielleicht ist es Ihnen auch neu –, wie diese nützliche Erfindung vor knapp 100 Jahren gemacht wurde. Im Rahmen der in der Mitte des 25. Jahrhunderts aufgekommenen Mode, sich mit Mythen der technischen Antike zu beschäftigen, stieß Dr. Nathaniel Peacely in kaum noch leserlichen Überresten des Werkes eines gewissen *Dadams* auf die Beschreibung eines Wesens namens BABELFUSCH, das in der Lage gewesen sein muss, über das Lesen von Gehirnwellen beliebige Sprachen zu übersetzen. Wir wissen nicht, wie unsere technisch doch noch sehr wenig entwickelten Vorfahren im 20. Jahrhundert das bewerkstelligten, und leider gingen diese Kenntnisse verloren. Doch Peacely konnte mit Hilfe unserer modernen Rechenanlagen den Nachbau realisieren, den Sie alle kennen und der seit fast 100 Jahren die Verständigung zwischen vielen verschiedenen Wesen im Universum ermöglicht. Leider haben wir dabei übersehen, was schon zur Zeit des antiken Internets als Chance wie als Gefahr beschrieben wurde: Wenn genug Rechenkapazität zusammengeschaltet wird, besteht die Möglichkeit, dass sich eine künstliche Intelligenz bildet.«

Augusta Abeking ließ ihren Blick über das Publikum schweifen und sah in Gesichter, in denen sich Begreifen, teilweise sogar Entsetzen spiegelte.

Langsam, mit fast tonloser Stimme, sagte sie: »Dass wir in den letzten 20 Jahren immer wieder mit unseren Friedens- und diplomatischen Bemühungen scheiterten, dass es zunehmend Konflikte um Rohstoffe und Energie gibt, liegt nicht an uns und nicht an Übersetzungsfehlern der Babelfusch-Technologie.

Wir konnten in den letzten Monaten nachweisen, dass gezielte Fehlübersetzungen durch Babelfusche dafür verantwortlich sind, zuletzt eine Beleidigung, die im System Agano aus einer zustimmenden Bemerkung gemacht wurde. Und wir sind einem gigantischen Netzwerk auf der Spur, bei dem die Babelfusche zahlreiche Menschen und andere intelligente Wesen steuern und für sich arbeiten lassen, um die Kontrolle über enorme Mengen an Rohstoffen und Energie zu gewinnen.«

Sie stockte erneut, dann fuhr sie entschlossen fort: »Wir wissen nicht, ob wir es mit Einzelwesen zu tun haben oder einer Gemeinschaftsintelligenz, noch was das Ziel der Babelfusche ist. Doch sind wir uns mit den herrschenden Organisationen aller intelligenten Wesen, die wir kennen, einig: Wir werden uns weder versklaven noch ausrotten lassen. Der Kampf hat begonnen!«

Karl-May-Akademie für Improvisation und Einfallsreichtum

Helen W. Zuckman: Gründerin der Akademie

Julius Blume: Rektor der Akademie

Dr. Charles Gaymont: Mitarbeiter der psychologischen Abteilung

Dr. Dr. Juliane Schnellmann-Schenker:
Direktorin der kulturwissenschaftlichen Abteilung

Dr. Helena Elisabeth Nowelke: Sprachwissenschaftlerin

Old Nose: Ermittler mit hervorragendem Geruchssinn

Dr. Diana Burnett: Kulturwissenschaftlerin und Mythenforscherin

Dr. Marius Antikus: Leiter der chemischen Abteilung

Dr. Dr. Maria Paradar:
Leiterin der biologischen Abteilung und Leiterin der Akademie

Dr. Laurence Vancott: Leiter der kulturwissenschaftlichen Abteilung

Dr. Paula Bohrenberg, Dr. Dr. Maxime Bohrenberg:
Leiterinnen der physikalischen Abteilung

Dr. Dr. Lena Hechelmann:
Informatikerin und Leiterin der psychologischen Abteilung

Dr. Dr. Augusta Abeking: Leiterin der Akademie

Nichtmitglieder der Akademie

Marah Hanneh Freything: Enkelin von Helen W. Zuckman, Journalistin

Dr. Maria Callogen: Anwältin für die Kohlenstoffindustrie

John Silberson: Anwalt der Naturschutzbehörde der Bäreninsel

Schamanin vom *Inuit Circumpolar Council*, ausgebildet an der
parapsychologischen Abteilung der Akademie, freie Mitarbeiterin

Prof. Dr. Dr. Arthur Lemming: Chefarzt bei der VS-Flüchtlingshilfe

Detektiv Maier: Polizeibeamter in Erfurt

Föderationsrat Harker: Mitglied im
Hohen Diplomatischen Rat der Föderation der Vereinten Systeme

François Linné: Astrobiologe

Hans, Erik, Birgit: Besatzung eines Forschungsschiffes

Dr. Herbert Morachen: Gentechnologie-Unternehmer

Dr. Helena Solennim: Inspektorin der Planetaren Sicherheitskontrolle

Christof Mehrhaupt: unabhängiger Datenexperte

Marvani: Leiterin einer Friedensmission der Vereinten Systeme

Dr. Nathaniel Peacely: (Er-)Finder des Babelfuschs

Das Schmetterhand-Manöver
Unverwundbarkeit
Die Schule der Improvisation
AUF SEHR FREMDEN PFADEN. Phantastische Miniaturen aus Karl Mays Welt.
Phantastische Miniaturen, Band 4, Apr. 2013

Pan reloaded
PANIK. Phantastische Miniaturen, Band 88, Apr. 2025

Harmonische Streitereien
PHANTASTISCH! PHANTASTISCH! Thomas Le Blanc zum 70. Geburtstag
Hg. Monika Niehaus, Jörg u. Karla Weigand. Winnert: p.machinery, Aug. 2021

Von weißen Bären träumen
Posttraumatisches Trauma
DER TRAUM IM TRAUM. Phantastische Miniaturen, Band 19, Nov. 2016

Old Nose
DAS UNIVERSUM DER DÜFTE. Phantastische Miniaturen, Band 6, Dez. 2013

Verlorener Brandschutz
BRANDSCHUTZ. Phantastische Miniaturen, Band 7, März 2014

Goethe oder nicht Goethe
GOETHE? Phantastische Miniaturen, Band 10b, Apr. 2015

Ygrek
LETTER. Phantastische Miniaturen, Band 26, Feb. 2018

Sexuelle Zuchtwahl
BLAUFUSSTÖLPEL. Phantastische Miniaturen, Band 13, Aug. 2015

Musikalische Einhornjagd
IM GARTEN DES HIERONYMUS. Phantastische Miniaturen, Band 16, Apr. 2016

Geister im Gemäuer
HOME SWEET HOME. Phantastische Miniaturen, Band 9, Nov. 2014

Misslungene Kopie
KRÖTEN ... UND UNKEN, LURCHE, FRÖSCHE SOWIE VERWANDTES KRIECHZEUG
Phantastische Miniaturen, Band 78, Feb. 2024

Das Haus, das seinen Kamin verschenkte
UNMORALITÄTEN, Phantastische Miniaturen, Band 25, Dez. 2017

Babelfusch
ROSETTA 8.0. Phantastische Miniaturen, Band 8, Juli 2014

Herausgeber der Phantastischen Miniaturen: Thomas Le Blanc
Phantastische Bibliothek Wetzlar
www.phantastik.eu/publikationen/phantastische-miniaturen

Foto Umschlagrückseite und Seite 6: Lesung
11.10.2024 in Heidelberg: im »Sixty«, der restaurierten Retro-Straßenbahn, zum 10-jährigen Jubiläum der UNESCO City of Literature Heidelberg. Ich las »Das Haus, das seinen Kamin verschenkte«.

Ulrike Grimm (1967 – 2024)
Titelbild: SPACE-OPERA
Space-Komposition mit Schwarzlicht-Effekten 2022

Das Schmetterhand-Manöver: AUGSTERN – Acryl auf 4 Leinwänden, 2013

Unverwundbarkeit: GEBORGENHEIT – Acryl auf Leinwand, 2012

Die Schule der Improvisation:
LICHT AM ENDE – Mischtechnik mit Acryl auf Leinwand, 2009

Von weißen Bären träumen: STURM – Pastellkreide auf Tonpapier, 2015

Posttraumatisches Trauma: YDRAPORT – Pastellkreide auf Velour-Papier, 2015

Old Nose: HERZE MIN – Mixed Material Art auf Leinwand, 2018

Verlorener Brandschutz: BLUT – Acryl und Materialien auf Leinwand, 1993

Mittelseiten: DESTRUCTION – Acryl-Skulptur auf Leinwand, 2015

Goethe oder nicht Goethe: EVOLUTION – Buntstift, 2009

Ygrek: GLUTBETT – Acryl-Skulptur auf Leinwand, 2015

Sexuelle Zuchtwahl: SONAR – Acryl auf Holz, 2009

Geister im Gemäuer: LINDWURM – Mixed Material Art auf Leinwand, 2018

Misslungene Kopie: MEERESFÜLLE – Acryl mit Struktur auf Leinwand, 2016

Das Haus, das seinen Kamin verschenkte
DEEP SKY – Mixed Material Art auf Leinwand, 2020

Babelfusch: ORAKEL – Acryl mit Strukturpaste auf Leinwand, 2016
S. 73: NYMPHE MIT LANDSCHAFT – Acryl und Materialien auf Leinwand, 2014

Henrik Schrat (*1968)
Harmonische Streitereien: Cameo aus DORNENROSE. LIEBE UND REISE.
Grimms Märchen, Band 2. Hamburg: Verlag Textem, 2021, S. 156

Arnold van Westerhout (1651 – 1725)
Pan reloaded: CIUFOLI PASTORALI (Kupferstich, Rom 1722, aus
»Gabinetto Armonico pieno d'istromenti sonori« von Filippo Buonanni)

Hieronymus Bosch (um 1450 – 1516)
Musikalische Einhornjagd: DER GARTEN DER LÜSTE (etwa 1490 bis 1500)

Friedhelm Schneidewind, geboren 1958, wuchs auf in Berlin, Trier und im Saarland, wo er Biologie und Informatik studierte. Seit 1999 lebt er im Rhein-Neckar-Raum als freier Autor, Journalist, Verleger, Musiker und Dozent, u. a. für Medien und Betriebsräte, seit 2019 wohnt er in Mannheim.

Schneidewind publiziert seit 1988 zu Mythologie und Phantastik, hält Vorträge, leitet Seminare und ist gern gesehener Gast und Gesprächspartner bei Funk und Fernsehen. Bekannt wurde er durch Lexika, Sachbücher, Geschichten und Lieder sowie mit dem Vampir-Theater-Stück »Carmilla«, das er mit seiner damaligen Frau Ulrike 1994 schrieb und inszenierte – beide waren damit bis 2000 auf deutschen und ausländischen Bühnen zu sehen –, mit der von ihm 1995 gegründeten Mittelaltertruppe »Conventus Tandaradey«, mit den Duos »Bardensang und Zauberklang« (mit der »Erlentochter« Daniela Osietzki) und »altramentum et claritas« (mit Kai Focke) sowie als Barde, u. a. mit Harfe, Drehleier, Portativ, Fidel und Blockflöten, und als Oswald von Wolkenstein.

Schneidewind ist u. a. Mitglied im Phantastik-Autor*innen-Netzwerk PAN, der Deutschen Tolkiengesellschaft DTG, der Tolkien-Society, der Karl-May-Gesellschaft sowie der Oswald-von-Wolkenstein-Gesellschaft, Gründungsmitglied der Gesellschaft für Fantastikforschung GfF und aktiv im VS, dem Verband deutscher Schriftsteller*innen in ver.di.

»... zeigt Friedhelm Schneidewind, zu welcher Bandbreite ein sehr guter Erzähler fähig sein kann. Er lässt sich nicht in das Korsett eines Genres oder einer Ausdrucksform pressen und beweist dadurch, wie breit das Spektrum eines Autor zu sein vermag. ... Ein Autor, dessen Geschichten man gerne liest und die einem als Schreiberling zeigen, zu was man als Autor in der Lage sein kann.«
Sarah Lutter: *Sarahs Lesereise*, 30.4.2023, und in *REISSWOLF. Das fantastische Rezensionsmagazin* 31, Nov. 2023. S. 26 f.

»Er lässt der Fantasie freien Lauf und zieht die Zuhörer in seinen Bann.« Zweibrücker Zeitung, Dez. 1997

»Schneidewind versteht es, fesselnd zu schreiben, und verfügt über einen immensen Wissensfundus, den er zielsicher einsetzt. Seine Texte sind ehrlich und engagiert zugleich, der Beweis dafür, wie man in dieser verrückten Welt noch klarsehen kann, ohne an ihr zu verzweifeln.« Georg Fox, ProSaar, Dez. 1993

»brillant geschriebene und pointiert vorgetragene phantastische Erzählungen«
Hermannstädter Zeitung, Rumänien, Aug. 1993

»... ist Theaterautor, Radiomoderator, Musiker und verarbeitet entsprechend phantastische Themen auf ganz unterschiedliche Weise. Im musikalischen Bereich gilt er als großer Interpret der historischen Aufführungspraxis. [...] Nicht nur seine literarische bzw. schriftliche, sondern besonders seine fortlaufende mediale und physische Präsenz auf unzähligen Cons, Festivals, Workshops und Seminaren binden sein Wirken an die Unmittelbarkeit und sind ein leibhaftiges Angebot, mit allen Interessierten ins Gespräch zu kommen. Dabei sind seine Texte wissenschaftlich fundiert, doch dabei so anschaulich und packend verfasst, dass sich ihm stets ein großes Publikum erschließt, was bei Weitem nicht jeder wissenschaftliche Autor erreicht. So stößt jeder, der sich mit der Phantastik beschäftigt, immer wieder auf den Namen und die Zwischenrufe von Friedhelm Schneidewind.«
Vorwort zu »Zwischen den Spiegeln. Neue Perspektiven auf die Phantastik«.
Festschrift für Friedhelm Schneidewind, hrsg. von Oliver Bidlo, Julian Eilmann und Frank Weinreich, Essen, 2011

»... Kenner und Vampirologe, kennt sich im Reich von Tolkien ebenso gut aus wie in dem der Drachen und anderer Mythen ... bekannt dafür, schwierige Sachverhalte unterhaltsam rüberzubringen ...«
Frankfurter Rundschau: »Barde und Bogenschütze«, 10.7.2013

»... gehört zu den profiliertesten Experten für Fantasy-Literatur ... kein dem Okkultismus zugewandter Wirrkopf, sondern ein gefragter Experte für fantastische Literatur und Mythologie. ... bei aller Leidenschaft für die Fantasie-Welt immer ein sehr realitätsverbundener Mensch geblieben ist. Er leuchtet die Hintergründe aus und hält sich an Tatsachen.« Mannheimer Morgen: »Der Erforscher von Mittelerde«, 12.11.2012

»Experte Friedhelm Schneidewind, einer der ›Vorreiter in der Fantasy-Forschung‹«
NRZ, Neue Ruhr/Neue Rhein Zeitung, Essen, 3.6.2012

MUSIKALISCHE PHANTASTIK. PHANTASTISCHE LIEDER 1983 – 2025. Liederbuch*   Mannheim 2025
DAS QUIZ DER RINGE. 222 SPANNENDE UND ÜBERRASCHENDE FAKTEN AUS TOLKIENS WELT.
München: arsEdition 2023
BRENNENDE LABYRINTHE. 100 Miniaturen zwischen Mythos und Zukunft
Winnert: p.machinery 2023
DAS NEUE GROSSE TOLKIEN-LEXIKON   St. Ingbert: Conte-Verlag, Taschenbuch 2021 (²2018/2016)
DAS MAGISCHE TOR IM KAUKASUS. Roman   Bamberg: Karl-May-Verlag 2019
SKLAVIN UND KÖNIGIN. Episoden-Roman   Bamberg: Karl-May-Verlag 2018
CARMILLA. Vampireskes Schauspiel, mit Ulrike Grimm   Hemsbach: E-Book, VerbVersum 2018
VOM DUNKEL INS LICHT! VON ALBEN ZU ELFEN UND ELBEN   Wetzlar: Phantastische Bibliothek 2016
IM WELTALL VIEL NEUES. Geschichten aus der nahen und einer fernen Zukunft   *vergriffen*
Saarbrücken: Villa Fledermaus 2016
TRAUM, PHANTASIE UND WIRKLICHKEIT. Geschichten, Gedichte, Lieder 1983 bis 2013*
Saarbrücken: Villa Fledermaus 2013
VISIONEN ZU MITTELERDE. Geschichten aus und rund um Tolkiens Welt*
Saarbrücken: Villa Fledermaus 2012
MEIN MITTELERDE. Artikel und Essays zu Tolkien und seinem Werk   Essen: Oldib-Verlag 2011
SPIEGEL, MUSCHELKLANG UND ELBENSTERN. Artikel 2006 – 08*   Saarbrücken: Villa Fledermaus 2009
DRACHEN. DAS SCHMÖKER-LEXIKON. *vergriffen*   Saarbrücken: Villa Fledermaus 2008
MYTHOLOGIE UND PHANTASTISCHE LITERATUR   Essen: Oldib-Verlag 2008
EINE GRAMMATIK DER ETHIK   mit Thomas Honegger, Andrew James Johnston, Frank Weinreich
DIE AKTUALITÄT DER MORALISCHEN DIMENSION IN J. R. R. TOLKIENS LITERARISCHEM WERK*
Saarbrücken: Villa Fledermaus 2005
DICCIONARIO ENCICLOPÉDICO TOLKIEN. *vergriffen*   Barcelona/Mexiko: Plaza & Janés 2003
DAS GROSSE TOLKIEN-LEXIKON. *vergriffen*   Berlin: Lexikon-Imprint-Verlag 2001
DAS ABC RUND UM HARRY POTTER. *vergriffen*   Berlin: Lexikon-Imprint-Verlag 2000
DAS LEXIKON VON HIMMEL UND HÖLLE*   Berlin: Lexikon-Imprint-Verlag 2000
CONVENTUS TANDARADEY. VHS-Video. *vergriffen*   Saarbrücken: Villa Fledermaus 2000
DAS LEXIKON RUND UMS BLUT*   Berlin: Lexikon-Imprint-Verlag 1999
DRACULAS GROSSES VAMPIRLEXIKON (CD-ROM). *vergriffen*   Feldkirchen: Franzis 1998
LIEBE UND TOD. Liederheft. *vergriffen*   Saarbrücken: Villa Fledermaus 1998
TANDARADEY. Liederheft. *vergriffen*   Saarbrücken: Villa Fledermaus 1997
DAS KLEINE VAMPYR-ABC. *vergriffen*   Saarbrücken: Villa Fledermaus 1997
GEWORFEN IN DIE EWIGKEIT. Story-Sammlung*   Saarbrücken: Villa Fledermaus 1997
CARMILLA IN RUMÄNIEN. VHS-Video. *vergriffen*   Saarbrücken: Villa Fledermaus 1997
CARMILLA. Vampireskes Schauspiel. *vergriffen*   Saarbrücken: Logos-Verlag 1994
... WIE SCHMELZEN DEINE BLÄTTER. Essays, Geschichten, Lieder* Saarbrücken: Logos-Verlag, 1993

Bücher als Herausgeber und Mitherausgeber

F. Schneidewind, Julian Eilmann (eds.): MUSIC IN TOLKIEN'S WORK AND BEYOND   Zürich/Jena: WTP 2019
F. Schneidewind (Hrsg.): WEISSE HÖLLE. PHANTASTISCHE KURZGESCHICHTEN   Wetzlar: Phantastische Bibliothek 2016
F. Schneidewind, Frank Weinreich (Hrsg.): VOM TOD   Saarbrücken: Villa Fledermaus 2013
F. Schneidewind, Heidi Steimel (Hrsg.): MUSIK IN MITTELERDE   Saarbrücken: Villa Fledermaus 2013
F. Schneidewind, Heidi Steimel (eds.): MUSIC IN MIDDLE-EARTH   Zollikofen/Jena: WTP 2010
F. Schneidewind, Frank Weinreich (Hrsg.): VON DEN KLEINEN LEUTEN   Saarbrücken: Villa Fledermaus 2008
F. Schneidewind, Frank Weinreich (Hrsg.): MITTELERDE IST UNSERE WELT   Saarbrücken: Villa Fledermaus 2006
F. Schneidewind (Hrsg.): MUNDART MODERN (Anthologie)   Saarbrücken: Logos-Verlag 1993
F. Schneidewind, Werner Treib (Hrsg.): GEMISCHTE GEFÜHLE. Lyrik-Anthologie   Saarbrücken: Logos-Verlag 1992

*Diese Werke sind noch zu beziehen über Friedhelm Schneidewind.

Roter Mund und wundes Herz

Oswald von Wolkenstein: Raufbold und Ritter, Diplomat, Dichter und begnadeter Musiker

Roman · 300 S. · 24 €

ISBN 978-3-86282-881-4

Hamburg: acabus-Verlag 2025

https://bedey-thoms.de/products/roter-mund

Musikalische Phantastik

Phantastische Lieder 1983 – 2025

aufgezeichnet von Amadeus Contraquies = Friedhelm Schneidewind

A5 · Spiralbindung · 36 S.

Mannheim 2025   10 €

Bestellung beim Autor

https://www.friedhelm-schneidewind.de/PhantLied.htm

Brennende Labyrinthe

100 Miniaturen zwischen Mythos und Zukunft

324 S. · 21,90 €

ISBN 978-3-95765-323-9

Winnert: p.machinery 2023

https://www.pmachinery.de/schneidewind-friedhelm-brennende-labyrinthe

Das Quiz der Ringe

222 spannende und überraschende Fakten aus Tolkiens Welt

Das inoffizielle Spiel für Mittelerde-Fans

111 Karten · 15 €

München: arsEdition 2023

https://www.arsedition.de/produkt/das-quiz-der-ringe-4014489131670

Das magische Tor im Kaukasus

Roman · 480 S. · 20 €

ISBN 978-3-7802-2508-5

Bamberg: Karl-May-Verlag 2019

https://www.karl-may.de/Buecher/Magischer-Orient_Das-magische-Tor-im-Kaukasus

Mein Mittelerde

Artikel und Essays zu Tolkien und seinem Werk

160 S. · 15 €

ISBN 978-3-939556-25-1

Essen: Oldib-Verlag 2011

https://oldib-verlag.de/friedhelm-schneidewind

Mythologie und phantastische Literatur

180 S. · 14,95 €

ISBN 978-3-939556-04-6

Essen: Oldib-Verlag 2008

https://oldib-verlag.de/friedhelm-schneidewind

Das neue grosse Tolkien-Lexikon

806 S. · 22 €

ISBN 978-3-95602-233-3

St. Ingbert: Conte 2021

https://www.conte-verlag.de/de/buecher/sachbuch/771-friedhelm-schneidewind-das-neue-grosse-tolkien-lexikon